Le bruit de la douche

9, rue de l'École-Polytechnique – 75005 Paris
www.michalon.fr
ISBN : 978-2-84186-795-0

David Desgouilles

Le bruit de la douche

MICHALON ÉDITEUR

Avertissement

Cet ouvrage, de pure fiction, n'a d'autre ambition que de distraire le lecteur. Les événements relatés ainsi que les propos et les comportements des divers protagonistes ont été imaginés pour les besoins de l'intrigue.

À Philippe Cohen

Prologue

Nafissatou Diallo n'aimait pas travailler le samedi. Elle préférait, les week-ends, profiter de la présence de sa fille adorée. Ce matin du 14 mai 2011, elle n'aurait pas, encore une fois, le plaisir de lui préparer son petit déjeuner, ni de tenter d'arracher quelques mots à une ado aux réveils difficiles et grognons. Dans un couloir du Sofitel de Manhattan, derrière son chariot de ménage, elle eut envie de musique. Sa fille, justement, lui avait offert un lecteur MP3 quelques jours auparavant. Elle le sortit de sa poche, démêla péniblement les fils des écouteurs et appuya en continu sur le bouton qui permettait de le mettre en marche. Il n'y avait pas encore beaucoup de titres sur le MP3. Elle trouva assez rapidement ce qu'elle cherchait, le dossier contenant les chansons d'Amy Whinehouse. Elle activa l'appareil et poussa son chariot. Contrairement à celles des deux suites précédentes, la poignée de la porte 2806 n'indiquait pas de panneau « Do not disturb ».

Tandis que Nafissatou Diallo pénétrait dans la suite 2806, Amy chantait :

He left no time to regret
Kept his dick wet
With his same old safe bet
Me and my head high
And my tears dry
Get on without my guy
You went back to what you knew
So far removed from...

La femme de ménage pesta contre elle-même. Le MP3 s'était arrêté. Sa fille ne lui avait-elle pas dit que ce genre d'appareil se rechargeait ? La veille au soir, elle avait pourtant remarqué le témoin de batterie qui clignotait mais n'avait pas réagi, l'esprit sans doute occupé par d'autres pensées. La voix d'Amy laissa donc place au silence.

« Fuck », jura-t-elle, en tirant sur les fils des écouteurs. Pendant qu'elle enroulait ces derniers autour du maudit appareil, elle entendit quelque chose. Elle ne bougea pas et tendit l'oreille, concentrée. C'était bien le bruit de l'eau qui coulait dans une douche. L'occupant de la suite avait omis de prévenir qu'il était présent en accrochant le fameux « Do not disturb ».

Nafissatou Diallo faisait le ménage depuis trois ans au Sofitel. Elle en avait déjà connu, des situations gênantes. Quelquefois, elle s'était retrouvée nez à nez avec un homme, nu comme un ver, qui avait oublié – pas toujours involontairement – d'indiquer qu'il se trouvait dans la chambre. Et ce couple en pleine action qu'elle avait surpris un matin de l'hiver dernier ! Pudique, la femme de ménage n'avait pas apprécié la vue des deux amants qui s'activaient en silence, ne remarquant même pas sa présence. Craignant un scénario analogue, elle rebroussa chemin. Claquant la porte, elle se dirigea vers la suite voisine.

CHAPITRE I

Dominique Strauss-Kahn n'avait entendu ni la porte s'ouvrir, ni la femme de ménage entrer, ni même la porte claquer. Depuis une dizaine de minutes, il se délassait sous la douche, tout à ses pensées. Le directeur du FMI avait rendez-vous à midi dans un restaurant pour y déjeuner avec sa fille qui habitait New York. En fin d'après-midi, il prendrait l'avion pour Paris. Dès ce dimanche, il devait rencontrer la chancelière Angela Merkel à Berlin, puis le lendemain se rendre à Bruxelles afin d'assister à une réunion des ministres des Finances de la zone euro.

La douche faisait son effet. DSK était maintenant bien réveillé, l'admirable mécanique de son cerveau tournait à plein régime, récapitulant le programme des réjouissances. Jamais directeur du Fonds monétaire international n'avait été confronté à une telle crise. Depuis un an, c'était même la monnaie européenne qui vivait des heures difficiles. La situation dramatique de la Grèce avait crûment montré au monde entier que les fondations de l'euro n'étaient pas aussi solides que ne l'avaient assuré ses promoteurs – promoteurs dont il faisait partie, étant ministre des Finances dans les années qui avaient précédé son lancement.

De la crise de l'euro, de Merkel, Berlin et Bruxelles, les pensées de DSK passèrent rapidement à un sujet qui le mobilisait tous les jours davantage. Dans sa tête, le directeur du FMI était déjà candidat à l'élection présidentielle française. Tous les jours, il consacrait une bonne partie de son temps à peaufiner ses plans. Dans un an, il serait président de la République. Ou pas. Les sondages avaient beau lui annoncer la victoire la plus triomphale de l'histoire de la Ve République, il savait qu'il n'en serait évidemment rien. 64 % ! N'importe quoi ! Que les sondeurs donnent des chiffres à l'instant T, ils y étaient bien obligés. Mais que la fine fleur du journalisme français prenne ces scores pour argent comptant, c'était à se rouler par terre de rire. Pour qui prenaient-ils Nicolas Sarkozy ? Pour un clown ? Il allait se battre. Comme un lion. Comme un chiffonnier. Et connaissaient-ils réellement l'état d'esprit des Français, ces observateurs si peu avertis ? Si le chef de l'État souffrait d'une grande impopularité, il ne le devait qu'à son comportement et à la manière dont il avait conçu son rôle dans les premiers mois de son quinquennat. Lorsque la campagne démarrerait vraiment, chacun se souviendrait s'il était de droite ou de gauche, et les véritables rapports de force apparaîtraient alors, beaucoup plus proches du 50-50 que du 60-40.

En attendant, ces mirifiques études d'opinion le servaient pour s'imposer comme le candidat naturel du PS et pour faire de l'élection primaire une formalité. Il était beaucoup plus optimiste sur cette échéance. Martine Aubry, qui tenait le parti, le soutenait. Laurent Fabius et Manuel Valls aussi. Il devrait donc affronter Ségolène Royal, Arnaud Montebourg et François Hollande. La première était passée de mode. Cinq ans auparavant, c'est elle qui avait profité des bons sondages pour s'imposer comme candidate. Cette fois-ci, ils étaient pour lui ; elle s'avérerait plus dangereuse par les mots cruels qu'elle pourrait lui lancer pendant la campagne que par le potentiel de mobilisation qu'elle suscitait encore. Avec Ségo, il faudrait être aimable, ne pas l'humilier, la cajoler, lui faire miroiter un ministère régalien. Alors pourrait-il peut-être éviter qu'elle ne se laisse aller à des formules assassines que les chevau-légers de l'UMP se feraient un plaisir de reprendre quelques mois plus tard au cours de la mère des batailles.

DSK en était certain : Arnaud Montebourg serait la révélation de la primaire socialiste. Parce qu'il s'était bien entouré et qu'il axerait sa campagne sur les ravages de la mondialisation et du libre-échange. Opposé au directeur du FMI, cet axe fonctionnerait d'autant mieux. Le député de la Bresse, qui bénéficiait encore de sondages ridicules pour cette primaire – mais que valent des sondages pour une élection dans laquelle on ne connaît pas le futur corps électoral ? – avait un potentiel très fort. DSK l'estimait à 15 % au moins. Face à lui, et surtout face aux idées qu'il développerait, il ne faudrait à aucun prix faire preuve de mépris. DSK y parviendrait facilement, mais la mission la plus délicate serait de cornaquer ses fidèles parmi lesquels l'hétérodoxie montebourgeoise suscitait lazzis et sujets de plaisanteries.

Enfin, François Hollande. “Monsieur 1 %”, se moquait-on à RSCG. Strauss-Kahn aurait voulu empêcher cette candidature. Elle n'apportait rien de plus que la sienne. Le député de Corrèze n'affichait pas d'idées différentes. Il s'agissait clairement d'une candidature anti-DSK. « Voyez ! Je pense la même chose que lui mais moi, je serai un président normal ! » Président normal ! Hollande avait commencé sa tournée des popotes avec ce slogan, faisant croire qu'il visait Nicolas Sarkozy alors qu'il était en premier lieu destiné à toucher un directeur du FMI à la réputation hédoniste. DSK avait rencontré Hollande en février afin de le convaincre de renoncer à sa candidature. Il l'avait même menacé. S'il persistait, Hollande ne serait rien dans les cinq prochaines années, pas même le titulaire du strapontin dévolu au secrétaire d'État chargé des anciens combattants. L'autre n'avait pas craqué et avait manifesté une détermination sans faille, et même une sérénité inversement proportionnelle aux chances que lui donnaient les astrologues d'IPSOS, d'OpinionWay ou de l'IFOP. DSK allait l'avoir en face de lui, entraîné comme un sportif de haut niveau, amaigri par un régime et persuadé que son heure était venue. Un adversaire beaucoup plus dangereux qu'il ne paraissait aux yeux des observateurs. Sa décision était prise. Face à Hollande, pas de quartier ! Traiter sa candidature pour ce qu'elle était réellement : une candidature de division. Bombarder le député de Corrèze. Que proposait-il de différent ? Lancer ses “soldats” à ses mollets sur le thème de son inexpérience gouvernementale. Qu'ils ne lui donnent pas de répit, afin que sa dynamique ne prenne jamais. Devoir affronter Hollande dans un second tour pourrait être dangereux. Pas pour l'investiture, mais par ce qui serait échangé pendant la semaine précédant le scrutin. Sarkozy s'en pourlécherait les babines.

Dominique Strauss-Kahn sortit de la douche. Pendant qu'il se préparait et qu'il bouclait ses bagages, ses pensées revinrent sur son calendrier serré et ses missions de directeur de la plus importante instance économique de la planète. Enfin prêt, et accompagné d'un bagagiste du Sofitel, il se dirigea vers l'ascenseur, ne prêtant pas attention à la femme de ménage qui sortait de la suite voisine.

***

Anne-Sophie Myotte pédalait lentement sur le chemin départemental 137, entre Provenchère et Les Terres-de-Chaux. Elle ne revenait dans son Doubs natal qu'une fin de semaine sur deux et les balades qu'elle faisait soit à pied soit sur sa vieille bicyclette étaient toujours l'occasion de longues méditations. Elle ne se souvenait plus très bien à quel âge elle s'était rendu compte que ces activités physiques basiques lui permettaient, à condition qu'elles soient solitaires, de faire tourner son cerveau plus efficacement. Ainsi, lorsqu'elle était au lycée à Montbéliard, il lui suffisait d'une promenade de deux heures en ville le mercredi après-midi pour écrire mentalement la dissertation qu'elle devait rendre le lendemain. De retour en cours, sa main prenait le relais et couchait sur le papier, en quarante minutes, ce qui serait à coup sûr le meilleur devoir de la classe. La rédaction achevée, elle s'apercevait qu'elle ne se souvenait vraiment que de l'itinéraire emprunté dans la Cité des Princes, mais pas des gens qu'elle avait croisés ou des vitrines qu'elle avait regardées. Elle était en pilotage automatique. Elle bossait.

Sur cette vieille route qui la menait aux Terres-de-Chaux, ce samedi de mai, elle avait mis en forme le TD d'économie qu'elle donnerait le mardi à ses étudiants de Paris-Dauphine et commençait aussi à penser aux conseils qu'elle prodiguerait à Arnaud Montebourg dans le cadre de sa préparation de campagne de la primaire socialiste.

Anne-Sophie était née le 10 décembre 1980 à la maternité de Montbéliard. En cette fin d'après-midi, elle avait poussé ses premiers cris, mêlant ceux-ci à ceux des infirmiers qui saluaient le second but du "Gaulois" Patrick Revelli. Ce mercredi-là, le FC Sochaux recevait l'Eintracht Francfort sur la pelouse enneigée du Stade Bonal. Deux semaines avant, les joueurs francs-comtois avaient été menés 4 à 0, avant d'inscrire deux buts dans la dernière demi-heure à des Allemands sûrs de leur qualification. Les règles de la coupe de l'UEFA étaient ainsi faites qu'il suffisait alors de gagner 2-0 pour éliminer les tenants du titre. Ils n'avaient pas été tout à fait réglos, les joueurs sochaliens. Leurs crampons avaient été affûtés à l'usine Peugeot, qui jouxtait le stade, le matin même, puis recouverts de cire afin que le juge de touche qui les vérifiait ne s'aperçoive pas de la tricherie. Quelques minutes sur le terrain avaient alors suffi pour que la cire fonde et que les "jaunes et bleus" bénéficient d'un avantage certain sur leurs adversaires, qui glissaient sans cesse sur la neige franc-comtoise.

Anne-Sophie serait alors supportrice à vie du FC Sochaux : les étoiles en avaient ainsi décidé, comme son père. Surtout son père. S'il avait raté le match le plus mythique du vieux club de Peugeot, parce que son aînée avait décidé d'arriver huit jours plus tôt que prévu, cela ne pouvait être qu'un signe du destin. Le FC Sochaux avait effectivement pris, pendant les trente ans qui avaient suivi, beaucoup de place dans la vie de la jeune femme. Ce soir-là, elle n'irait pas à Bonal. Le championnat faisait relâche, laissant place à la finale de la Coupe de France, qu'elle regarderait sans doute d'un œil distrait en corrigeant quelques copies.

Toute à ses pensées, elle fut surprise par un coup de klaxon. Une Peugeot 308, derrière elle, attendait pour la doubler. Anne-Sophie ne comprit pas tout de suite pourquoi ;

l'autre voie était dégagée et la visibilité permettait à l'automobiliste de la dépasser. Après avoir effectué un geste énervé de son bras gauche lui faisant signe de doubler, elle se retourna plus franchement et reconnut Arthur. Celui-ci vint se mettre à sa hauteur, tout en ouvrant la vitre côté passager.

« Anne-Soph', ça faisait longtemps ! Tu as ressorti le vélo ?

— Comme tu vois. Et toi, on prépare ?

— Oui, on prépare activement ! »

Une voiture arrivait dans l'autre sens. Arthur accéléra pour dépasser Anne-Sophie et ils se saluèrent tous deux d'un geste de la main gauche. Elle ne savait pas si elle pourrait être présente à son mariage, qui aurait lieu fin juin à Maîche. Ancien militant de l'UMP, Arthur était un vieux copain et même un peu plus. Au lycée Cuvier, quinze ans plus tôt, ils étaient sortis ensemble, comme on dit. Elle était en seconde, lui en terminale. Elle avait été très amoureuse. Lui, un peu moins. Cet hiver de 1995, alors que les grèves bloquaient la France, elle avait été surprise de découvrir un mercredi après-midi, en train de distribuer des tracts anti-grévistes pour le RPR, ce garçon dont elle avait parlé du physique avantageux avec ses deux meilleures copines. Elle avait pris le tract et lui avait glissé :

« Il faudrait qu'on parle de ça. Je ne suis pas vraiment d'accord.

— Quand tu veux ! »

Une gamine de seconde qui lui reprochait à demi-mot son militantisme, cela l'avait intrigué. Le soir-même, ils s'étaient assis à la même table, tous les deux, à la cantine. La gamine avait seulement quinze ans mais une réflexion bien plus affûtée que la sienne, ce qui le mettait en rage. Il s'était alors aperçu que son engagement à lui relevait davantage du fan-club chiraquien qu'autre chose, que son argumentaire ne tenait pas au-delà de la minute, face à cette fille. Désormais, il tenterait d'aborder d'autres sujets, sous peine d'être mis échec et mat. Il n'y parviendrait pas toujours, troublé par le regard mutin et vainqueur d'Anne-Sophie au bout de quelques dizaines de secondes. Il l'admirait mais ne souhaitait évidemment pas le lui montrer. Et c'est sans doute cela qui l'avait empêché de passer « à la vitesse supérieure » avec elle lorsqu'elle était devenue sa petite amie cinq semaines plus tard. Fine mouche, Anne-Sophie s'en était aperçue. Elle avait regretté, car elle se serait sans doute laissée aller, pour la première fois, dans les bras d'un garçon. Comme il en avait très envie mais qu'il n'osait pas, il avait décidé de mettre fin à leur relation. Le premier chagrin d'amour d'Anne-Sophie. Elle s'en était remise. Et ce n'était pas pour cette raison qu'elle laisserait un jour le dernier mot à quelqu'un dans une discussion politique. C'était plus fort qu'elle. Tant pis pour tous les Arthur de la terre qui la fuiraient – encore aujourd'hui – par complexe d'infériorité. Dans de telles conditions, auraient-ils été de bons amants ?

Ses cheveux longs et bouclés au vent, elle accéléra sa fréquence de pédalage, comme pour prendre son élan. Son village des Terres-de-Chaux était en vue. La côte finale, bien qu'elle l'ait escaladée des centaines de fois, n'était jamais une partie de plaisir.

***

Pierre Moscovici regardait les dessins de presse que l'assistante de Laurent Ruquier lui présentait, avant de passer au maquillage. Invité de l'émission « On n'est pas couché », il devait choisir l'un d'eux, qu'il lui faudrait commenter après avoir répondu aux questions d'Éric Zemmour et d'Éric Naulleau, assis sur l'un des fauteuils les plus célèbres du PAF. Après avoir hésité, il opta pour celui de Lefred Thouron dans *Le Canard enchaîné*. Le dessin mettait en scène des héritiers putatifs de François Mitterrand, dont Ségolène Royal, Martine Aubry et François Hollande, en pleine séance de spiritisme, la première osant : « Je l'entends, il me parle », les deux autres lui répondant : « Nous l'entendons, ils veulent que tu la fermes. » Le dessin serait présenté par l'animateur à la fin de l'entretien. Mosco était bien décidé à jouer l'unité pendant toute l'interview, alors pourquoi ne pas finir par une note plus rock and roll ? Marie-Charline, sa jeune compagne, insistait beaucoup pour qu'il apparaisse un peu moins austère aux yeux du public. Lui qui la faisait tant rire dans l'intimité conservait dans l'opinion, envers et contre tout, l'image d'un technocrate froid et ennuyeux, une espèce d'Alain Juppé de gauche qui, au lieu de présider aux destinées de Bordeaux, avait la circonstance aggravante d'être l'élu de Montbéliard. Cela faisait beaucoup pour un seul homme... Ce soir, c'était Ségolène Royal qui en ferait les frais. Un peu facile, certes, mais après tout, il n'était pas l'auteur du coupable dessin. La présidente du conseil régional de Poitou-Charentes manifesterait sans nul doute, d'une façon ou d'une autre, sa mauvaise humeur devant cet acte pernicieux. Qu'importe ! Marie-Charline avait raison. Il pouvait bien penser à lui et à son image, de temps en temps.

***

Assis dans le large fauteuil de l'Airbus 330 qui devait le ramener à Paris, Dominique Strauss-Kahn pianotait sur son téléphone. Le départ du vol AF023 était imminent et la présence du directeur du FMI suscitait la curiosité des autres occupants de l'appareil, dépourvu de cabine de première classe. DSK prit connaissance d'un texto de Pierre Moscovici : « Je passe dans 5 minutes chez Ruquier. Je te mets un texto après l'émission. » Le message était arrivé vingt minutes auparavant. Hésitant quelques secondes, il répondit par quelques lignes, que son vieil ami lirait lorsqu'il sortirait du plateau : « OK. J'ai une idée qui ne va pas te plaire. Il faut qu'on en parle vite. À propos du CS[1] de la campagne. Myotte. Ne te fâche pas. Je saurai te convaincre. À demain. » DSK éteignit son portable, un

1- Conseiller stratégique.

léger sourire aux lèvres. Mosco allait tomber de l'armoire. L'appareil commença à bouger sur le tarmac de John F. Kennedy International Airport. Le directeur du FMI sortit un épais dossier de sa serviette, préparé par son cabinet. Quelques heures de travail l'attendaient.

***

Anne-Sophie Myotte était assise dans la pièce principale du logement qu'elle occupait quand elle revenait aux Terres-de-Chaux. Il s'agissait d'une dépendance de la ferme de son frère, le lieu où leurs grands-parents faisaient cuire leur pain, en face de la maison familiale. Rénovée, elle ressemblait à une maisonnette comprenant une petite chambre, une salle d'eau et la cuisine-séjour, dans laquelle l'agrégée d'économie se trouvait, corrigeant ses nombreuses copies. En face, la maison de son frère cadet, qu'occupaient encore quatre plus tôt leurs parents décédés ensemble dans un accident sur l'A36, était vide. Julien était parti à une réunion de la “confédération paysanne” dont il était un militant actif depuis qu'il avait repris l'exploitation de sa mère. Deux fois par mois, le jeune paysan remplissait le frigo de la maisonnette de sa grande sœur afin que celle-ci ne manque de rien.

Alors que le générique de « On n'est pas couché » démarrait, elle s'empara de son téléphone. Sélectionnant dans son répertoire AmantDeDroite, elle écrivit un texto : « Tes Parisiens ont perdu. Tu me dois une bouffe », puis pressa sur la touche “Envoyer”. Reposant l’appareil, elle découvrit l’identité de l’invité politique de Laurent Ruquier. « Merde ! Mosco ! » Pierre Moscovici n’était pas un inconnu. Depuis qu’elle avait adhéré au parti socialiste en 1997, ces deux-là se connaissaient. Il était l’élu de la quatrième circonscription du Doubs, Montbéliard-Est. Elle votait pour sa part dans la troisième, Montbéliard-Ouest, ce qui lui avait permis de ne pas avoir à faire campagne pour un homme avec lequel elle n’était pas d’accord sur grand-chose. Pour autant, elle suivrait sa prestation avec attention. La campagne d’Arnaud démarrait et il fallait scruter attentivement le comportement des hommes de DSK.

Le portable d’Anne-Sophie crépita. Un texto. AmantDeDroite répondait : « OK, t’as gagné, je sors du SdF. Dégoûté. J’étais à 10 m de ta copine Titine. » Anne-Sophie répondit : « Ma copine ? Salaud ! Tu me paieras ça. » Si elle aimait bien chambrer son AmantDeDroite à propos des performances du PSG, voir Martine Aubry exulter dans la tribune officielle, alors que les joueurs du LOSC Lille recevaient la Coupe de France des mains de Nicolas Sarkozy, ne l’avait pas non plus comblée d’aise. Titine, c’était même pire que Mosco, d’une certaine façon. Au moins le député du Doubs assumait-il son appartenance à l’aile droite du PS. Aubry faisait croire, avec la complicité de toute la presse parisienne, qu’elle incarnait l’aile gauche. Anne-Sophie était payée pour savoir qu’il s’agissait d’une imposture. En fidèle fille de son père, Aubry ne remettrait jamais en cause les « acquis de la construction européenne ». L'euro, le libre-échange étaient sacrés. Combien de fois Anne-Sophie avait-elle mis en garde Benoît Hamon sur le sujet ? « Avec elle, tu ne feras de la gauche que sur le sociétal, tu le sais très bien ! Même les trente-cinq heures, ce n'est pas d'elle, c'est du DSK ! » Toujours est-il que la victoire de Lille lui permettait de gagner un bon dîner dans le restaurant qu'elle choisirait.

Au bout d'une demi-heure d'émission, Pierre Moscovici s'assit dans le fauteuil de l'invité. Anne-Sophie cessa de corriger ses copies et étudia consciencieusement la prestation de l'ancien ministre.

***

Pierre Moscovici n'était pas mécontent de lui. Zemmour et Naulleau ne l'avaient pas ménagé, comme à leur habitude, mais il pensait s'en être bien sorti. L'exercice était d'autant plus difficile que, pour une fois, et en raison de la retransmission de la finale de la Coupe de France à l'horaire de fin incertain – du fait de l'éventualité d'une prolongation et/ou d'une série de tirs aux buts –, l'émission était diffusée en direct. Très vite démaquillé, il sortit du Moulin Rouge et entra dans le taxi qui l'attendait spécialement. Il alluma son téléphone mobile et appela tout de suite Marie-Charline afin de s'enquérir de son avis sur sa prestation.

« J'arrive. Comment tu m'as trouvé ?

— C'était très bien. Tu étais décontracté. Et c'est malin d'avoir choisi ce dessin.

— À tout de suite. »

Après avoir raccroché, Moscovici découvrit le nombre de textos qu'il avait reçus pendant l'émission. Il navigua parmi eux afin d'en recenser les expéditeurs et découvrit que l'un des premiers avait été envoyé par DSK. Il l'ouvrit et eut l'impression que le ciel lui tombait sur la tête. MYOTTE. Comment Dominique pouvait-il envisager d'engager cette fille comme conseillère stratégique ? Il le connaissait par cœur. Quand il écrivait « je saurai te convaincre », c'est qu'il n'y avait aucune chance de le faire changer d'avis. Heureusement, il avait bon espoir que Myotte refuse. Elle conseillait déjà Montebourg, et le social-libéralisme de DSK n'était pas précisément sa tasse de thé.

Assommé par cette nouvelle, Pierre Moscovici en oublia même de lire les autres textos dont ceux des membres de son équipe qui débriefaient sa prestation télévisée. Et il se rappela le moment où Anne-Sophie Myotte avait osé l'affronter dans une réunion du parti socialiste, à Besançon. C'était à l'automne 2002 et les socialistes avaient engagé à travers le pays une sorte de thérapie collective afin de soigner le traumatisme consécutif au 21 avril. Devant de nombreux militants, Mosco avait abondé dans le sens de l'une d'entre eux qui avait longuement expliqué tout le mal qu'elle pensait de Jean-Pierre Chevènement, responsable selon elle – comme Lionel Jospin, du reste – de tous les malheurs du PS. Pas de chance pour le député de Montbéliard, Myotte avait pu se saisir d'un micro, et elle se trouvait au premier rang. La jeune femme, qui n'avait alors que vingt et un ans, s'était placée de côté, pouvant s'adresser à la fois à lui, sur sa droite, et à la salle, sur sa gauche. Et elle n'avait pas mâché ses mots :

« Pierre, tu n'as pas honte ? Je pourrais pardonner à notre camarade qui vient de parler durement, déçue par la défaite. Mais toi ! Toi, tu es au courant de tout ! Comment peux-tu ? Comment peux-tu te laisser aller ainsi à la démagogie ? Comment peux-tu te laisser aller ainsi à la facilité ? »

Elle avait laissé un blanc. Moscovici avait ouvert la bouche, mais elle avait repris son intervention.

« Vous aviez un ministre de l'Intérieur. Un très bon ministre de l'Intérieur. Un ministre de l'Intérieur, qui plus est, apprécié des Français. Et qu'en avez-vous fait ? Vous en avez fait un candidat. Vous avez commencé par le fragiliser sur le dossier de la délinquance des mineurs, pour finir par lui donner raison deux ans plus tard alors que les dés étaient jetés. C'était déjà une erreur politique de donner raison à Guigou plutôt qu'à Chevènement. Mais cela ne vous suffisait pas. Il a fallu que vous commettiez une faute. Oui, Pierre ! Une faute politique ! Vous aviez un ministre de l'Intérieur et vous lui avez donné tort face à Jean-

Guy Talamoni ! Vous aviez Clemenceau dans le gouvernement et vous avez préféré les indépendantistes corses ! Vous aviez Clemenceau et vous avez préféré les copains de ceux qui avaient assassiné un préfet de la République ! Vous aviez Clemenceau dans votre gouvernement et vous avez accepté de signer une capitulation. Et vous vous étonnez ? Et tu t'étonnes, Pierre, que notre Clemenceau ait préféré vous envoyer vous faire voir ? Tu t'étonnes, Pierre, qu'il ait estimé logique de faire entendre son propre message ? Tu t'étonnes qu'il ait jugé que sa conception de la République doive connaître une traduction à l'occasion de l'élection présidentielle ? Imaginez-vous, camarades, que nos adversaires aient pu, avec autant de facilité, dérouler leur stratégie fondée sur l'exploitation de l'insécurité, avec Chevènement place Beauvau jusqu'en mai dernier ? Imaginez-vous que Le Pen ait pu, dans ces conditions, arriver au second tour ? Vous aviez Chevènement, vous avez préféré Talamoni et j'en ai honte pour vous. J'en ai honte pour notre candidat, qui était le Premier ministre et qui a fait ces choix idiots. J'en ai honte pour toi, Pierre, qui reprends avec démagogie l'antienne selon laquelle Jean-Pierre serait coupable de l'absence de la gauche au second tour. Vois-tu, Pierre, consciente de tout cela, et malgré ma proximité d'analyse avec Chevènement sur d'autres dossiers, européens notamment, j'avais quand même voté pour Lionel. Par fidélité à mon parti. Tu viens de me le faire regretter. La bêtise a tout de même des limites. »

Anne-Sophie Myotte avait reposé le micro. Et elle s'était rassise. La salle était restée silencieuse. Assommée par la verve d'une gamine de vingt et un ans. Pierre Moscovici, blanc comme un lavabo, avait ensuite bredouillé quelques mots, expliquant que la dispersion des voix avait malgré tout joué un rôle dans la défaite de la gauche et qu'il faudrait veiller, à l'avenir, à mettre en place un système permettant de départager avant le premier tour les ambitions des uns et des autres. Mais il n'avait pas osé répondre directement aux propos très durs de la jeune femme. Échec et mat. Humilié comme jamais dans une réunion du PS. Au fond de lui, il savait qu'elle avait raison. Et il lui en voulait terriblement.

Alors que le taxi le déposait en bas de chez lui, après s'être remémoré cet épisode peu glorieux, il était redevenu aussi blanc que ce jour-là, au Kursaal de Besançon. Il reprit ses esprits. Et décida d'oublier Anne-Sophie Myotte, pour quelques heures au moins. Une autre jeune franc-comtoise, bien mieux disposée à son égard, l'attendait.

Chapitre II

Dominique Strauss-Kahn arriva à pied sur la Grand-Place de Bruxelles. Il avait indiqué à ses collaborateurs qu'il s'absentait du sommet européen pour deux heures environ. Ces derniers pensaient certainement à un cinq-à-sept, mais finalement, ça l'arrangeait. La femme avec laquelle il avait rendez-vous dans une brasserie bruxelloise n'était certes pas dépourvue de charme – bien au contraire – mais cette rencontre était uniquement politique. Il entra dans la brasserie et se dirigea vers le fond de la salle. Au moment où il prit place, son téléphone vibra. Il répondit au texto et, deux minutes plus tard, il vit entrer Anne-Sophie Myotte. Vêtue d'une jolie robe, ses longs cheveux retombant sur sa veste, son entrée ne passa pas inaperçue. Le directeur du FMI se leva pour l'accueillir et elle lui tendit la main. Il détailla mentalement la tenue de la jeune femme et son regard intéressé n'échappa pas à cette dernière.

« N'y pensez même pas, Dominique. Vous allez vous faire du mal. »

DSK n'avait pas l'habitude qu'on lui parle ainsi. Il serra la main d'Anne-Sophie Myotte, l'invita d'un geste à s'asseoir en face de lui et prit la parole :

« Que voulez-vous dire, Anne-Sophie ?

— Il ne m'a pas échappé que vous m'avez convoquée ici pour parler politique. Le regard que vous m'avez jeté à l'instant en dit long sur votre manque de concentration. Cela commence mal…

— Nous sommes en effet ici pour parler politique et précisément élection présidentielle. Mais cela n'empêche pas que je suis un homme et que vous êtes une femme. Une très belle femme.

— Alors nous allons mettre les choses au point de manière définitive, Dominique. Je sais que vous voulez me proposer de travailler avec vous dans le cadre de la campagne présidentielle. Et pas la campagne présidentielle de n'importe quel pays. On parle de la France, de la cinquième puissance mondiale, d'une Nation vieille de plus de mille ans. C'est quelque chose de plus sérieux que mes Dim up. Donc, je préfère vous prévenir tout de suite, ce regard-là était le dernier. Si nous travaillons ensemble, je veux vous voir concentré sur le seul objectif qui compte désormais pour vous. Cela ne s'applique d'ailleurs pas qu'à moi. Si je vois certaines choses qui peuvent nuire au bon déroulement de cette campagne, vous ne me reverrez plus.

J'ai trop de considération pour mon pays pour travailler avec un homme qui n'arriverait pas à se contrôler. Parce que la France mérite un président qui se contrôle. J'ajoute que j'ai l'habitude de m'habiller comme je le souhaite, et je le fais pour moi et pour les hommes que je choisis. Et permettez-moi de préciser que même si vous n'étiez pas candidat à l'élection présidentielle, vous n'auriez aucune chance avec moi. Mais alors, aucune. Est-ce que j'ai été bien claire, Dominique ?

— Très claire. Et vous n'avez pas tort.

— Mais je n'ai jamais tort, Dominique. »

Anne-Sophie Myotte avait répondu avec un sourire qui tranchait avec la diatribe glaciale qui avait précédé. DSK pensa que tout ce qu'on lui avait raconté sur le caractère de cette fille n'était pas infondé. La veille, il l'avait jointe au téléphone. Il lui avait rapidement précisé qu'il souhaitait la voir pour lui proposer de travailler avec lui dans le cadre de la prochaine campagne présidentielle et lui avait donné ce rendez-vous à Bruxelles. Anne-Sophie Myotte n'était pas une inconnue pour DSK. Il avait remarqué sa force de conviction dans diverses commissions "économie" du PS. Elle s'était souvent opposée à lui sans ménagement et l'agacement avait vite fait place à une certaine admiration. Mais c'est surtout le sens politique de la jeune femme qui l'avait frappé.

Anne-Sophie avait été très surprise de recevoir cet appel téléphonique. Tout le monde savait qu'elle agissait pour le compte d'Arnaud Montebourg en rédigeant fiches et argumentaires. Le député bressan avait déjà débuté sa campagne de la primaire socialiste et elle y contribuait ostensiblement. Bien entendu, elle savait que Montebourg ne serait pas désigné comme candidat socialiste à l'élection présidentielle. L'essentiel était ailleurs : imposer des concepts, des idées et surtout faire de Montebourg un homme incontournable pour le futur candidat de la gauche. Elle imaginait que DSK pouvait avoir besoin d'élargir son spectre électoral en lui demandant de travailler avec elle. Cela ne coûtait pas grand-chose d'aller à ce rendez-vous. Et elle imaginait la tête de Mosco apprenant que DSK cherchait à la recruter, ce qui l'amusait beaucoup.

Pierre Moscovici, justement, avait passé les trois derniers jours à tenter de joindre son ami Dominique au téléphone suite à ce texto de la nuit de samedi à dimanche. DSK faisait le mort. Il ne répondait ni aux appels, ni aux SMS. Ce n'est que ce mardi matin très tôt qu'il avait daigné répondre. Le dialogue avait été orageux. Moscovici avait commencé par détailler le CV politiquement et économiquement incorrect de la jeune femme. Tout y était passé : l'admiration pour Chevènement et même – ô horreur – pour Séguin, son amitié avec l'économiste Jacques Sapir, sa campagne "dégueulasse" pour le non à la constitution européenne, le fait qu'elle ait travaillé avec Michel Charasse. « C'est une souverainiste, avait-il conclu. C'est un danger public. L'associer à ta campagne, et qui plus est en faire une conseillère stratégique, c'est suicidaire ! » DSK avait laissé parler son ami puis avait lâché : « Pierre, tu m'emmerdes. Je sais ce que je fais. C'est moi qui suis candidat. Pas toi. Donc, si elle vient, tu feras avec ou tu retournes à Montbéliard. » Moscovici avait été estomaqué et avait répondu avant de raccrocher : « Si tu lui donnes les clefs de ta campagne, ne compte pas sur moi ! Je peux effectivement rester à Montbéliard. » Quelques années auparavant, dans la période qui avait suivi le congrès de Reims, les deux hommes avaient déjà été en froid. Mosco n'avait pas apprécié que DSK ne le soutienne pas davantage dans la lutte des places auprès de Martine Aubry. C'est Cambadélis qui avait été préféré. Il n'empêche. C'est Moscovici qui avait fait le voyage aux États-Unis trois mois plus tard, pour mettre fin à la brouille.

DSK passa la commande et reprit la parole :

« J'ai besoin de vous, Anne-Sophie. Comme je vous l'ai dit au téléphone, je souhaite vous confier une mission essentielle dans le cadre de ma campagne présidentielle.

— Vous n'êtes pas sans savoir, Dominique, que je suis engagée avec Arnaud et que je participe déjà à sa campagne. Vous savez aussi que nous ne partageons pas les mêmes conceptions économiques et que je me suis souvent opposée à vous. Alors pourquoi ?

— Je n'ai surtout besoin de vous qu'à partir d'octobre. Il ne fait aucun doute que je serai désigné candidat. La primaire est une formalité et vous le savez. Et je vais vous surprendre : je souhaite que Montebourg fasse le plus gros score possible. Que vous soyez efficace avec lui ne me gêne pas, au contraire. Car j'ai bien l'intention de reprendre une partie des thèmes qu'il impose dans le débat. Vous voyez, Anne-Sophie, je suis persuadé que je vais dans le mur si je fais la campagne que toute l'élite parisienne attend de moi. Sarkozy m'attend lui aussi, et il me fusillera là-dessus. Il fera le peuple contre les élites et il finira par me battre. Il est là, avec Buisson. Ils sont à l'affût. Vous avez entendu Wauquiez ?

— La déclaration sur les “racines” ? »

Début mars, en marge d'un déplacement de Nicolas Sarkozy dans sa ville du Puy-en-Velay, le ministre des Affaires européennes avait déclaré : « Ce n'est pas la même approche, Dominique Strauss-Kahn est à Washington, il a sûrement une très belle maison qui donne sur le fleuve Potomac. Ce n'est pas la Haute-Loire, ce n'est pas ces racines-là », avant d'ajouter que « [Dominique Strauss-Kahn] est quelqu'un qui a perdu le contact avec ça, qui n'a pas du tout cette même osmose avec cette France des territoires… ». Bien sûr, Wauquiez avait reçu une volée de bois vert, notamment de la part du fidèle Pierre Moscovici.

« Exactement ! Et il y a eu aussi Jacob avec la France des terroirs.

— Cela ne manquait pas de sel, Jacob, le pote de la FNSEA qui a bousillé les terroirs. »

La sœur du syndicaliste de la confédération paysanne avait parlé.

« Tout à fait. Ils sont mal placés pour me donner des leçons. Mais ils vont pourtant me pilonner sur ce thème. Et si je ne change pas tout, je suis mort. Il y a tant d'éléments qui plaident en leur faveur, mon train de vie, ma position de directeur d'une institution économique internationale symbolique de la mondialisation. Buisson l'a parfaitement compris et a convaincu Sarkozy. Et donc, il faut que je m'appuie sur quelqu'un qui l'a parfaitement compris aussi. Denrée rare au PS. Et vous en êtes. C'est la politique que je veux, Anne-Sophie. Pas seulement l'économiste. »

On n'étonnait pas Anne-Sophie Myotte facilement. Mais là, DSK la laissait coite. Non pas sur son cas personnel, qui était secondaire, mais sur cette compréhension de la situation politique. Elle le croyait trop enfermé dans sa bulle pour être capable d'un constat aussi lucide. D'un coup, l'offre du directeur du FMI était à considérer. Cela devenait bigrement intéressant.

« Mais vos amis d'Euro RSCG, Pierre Moscovici, Camba, Martine, et tous les autres ? Outre le fait qu'ils me connaissent très bien, ils ne vont pas ruer dans les brancards si vous ne faites pas la campagne classique qu'ils attendent de vous ?

— Ils sont complètement déconnectés de la réalité française. Mais vous avez raison, ils seront là, et il faudra faire avec. Je vous propose de devenir ma conseillère stratégique au lendemain de ma victoire à la primaire. Vous serez hors organigramme. Vous ne dépendrez que de moi et vous aurez les clefs pour me proposer les options stratégiques, sur tous les sujets. Vous assisterez également à toutes les réunions de l'équipe. Il ne faudra pas les braquer. Il faudra brider un peu de votre caractère volcanique, Anne-Sophie. Vous avez formulé des exigences tout à l'heure ; si vous acceptez ma proposition, il faudra aussi que vous fassiez un petit effort sur vous. »

DSK avait conclu dans un sourire. Du tac au tac, Anne-Sophie répondit :

« Cela ne me paraît pas un défi insurmontable.

— J'en déduis que vous acceptez ma proposition ?

— Ne déduisez pas trop vite, Dominique. Envoyez-moi des signes pendant la campagne de la primaire. Prouvez-moi que vous êtes réellement décidé à faire ce que vous dites, que je ne suis pas seulement là pour élargir votre spectre électoral. Car alors, votre campagne deviendrait complètement incohérente. Et illisible. Et je ne vous serais d'aucune utilité. Je dirais même que cela serait encore plus inefficace que la campagne dont rêvent Pierre et Martine.

— Vous aurez ces signes. À partir de fin octobre, vous serez rémunérée sur le compte de campagne. Et vous n'aurez plus le temps d'assurer vos cours à Dauphine. Comment ferez-vous en attendant ? J'avoue que c'est ce qui me met le plus dans l'embarras.

— Ne vous inquiétez pas pour ça ! Si vous me décevez cet automne, j'irai m'occuper des vaches de mon frère. Et j'en profiterai pour écrire un livre qui sortira en février prochain : *Pourquoi DSK va dans le mur, témoignage d'une militante socialiste.* »

DSK éclata de rire, et la jeune femme prit congé. Il la regarda s'éloigner. Et ne pensa pas à ses formes ravissantes. Il pensait en revanche que cette fille était réellement capable de mettre une telle menace à exécution.

***

Anne-Sophie Myotte pianotait sur son ordinateur, assise dans le TGV qui la ramenait à Paris. Un texto apparut sur son téléphone. C'était AmantDeDroite : « On se voit quand ? Nos nuits me manquent. » Anne-Sophie répondit : « Ce soir… Où es-tu ? » La réponse ne tarda pas : « Dans le VIIe. RDV vers l'École militaire ? Café des officiers. 22 h 00 ? » Elle répondit : « J'y serai » et se replongea dans son travail.

***

Nicolas Sarkozy déplia le papier que l'un de ses conseillers venait de lui transmettre, alors que le sommet européen n'en finissait pas. Il lut et jeta un regard à DSK qui se trouvait quelques mètres à sa gauche. Le directeur du FMI était arrivé juste avant la reprise des travaux. Ainsi, il s'était absenté pour voir une jeune femme. « Incorrigible », pensa le président de la République. Si DSK continuait de se disperser pendant la campagne, elle pourrait devenir plus facile que ne l'imaginaient les observateurs. Et Nicolas Sarkozy avait un compte à régler avec les "observateurs". Pendant que son conseiller se dirigeait vers lui, alors qu'il venait de lui faire un signe du regard, il griffonna sur le papier : « Je veux savoir qui c'est. »

***

Anne-Sophie Myotte et son AmantDeDroite n'étaient pas restés longtemps au café des Officiers. Elle avait bu un cointreau, lui un cognac, et ils avaient rapidement rejoint le deux-pièces de l'économiste. Fidèle à l'un des personnages des romans de gare qu'elle lisait l'été, elle avait conservé robe et bas pour se donner à son amant. « Seuls les animaux et les pauvres font l'amour tout nus », clamait la Comtesse Alexandra, éternelle fiancée de Son Altesse Sérénissime le prince Malko Linge. Anne-Sophie Myotte ne se considérait ni riche ni pauvre, mais cette citation la faisait sourire à chaque fois qu'elle la lisait dans un des célèbres romans de Gérard de Villiers, c'est-à-dire environ une fois sur cinq. Et elle aimait la mettre en application, ce qui avait l'heur de plaire à ses amants, en particulier à celui-ci.

Leurs ébats terminés, ils avaient embrayé sur une discussion politique, comme à leur habitude. Myotte savait que son AmantDeDroite travaillait avec Patrick Buisson, le conseiller occulte de Nicolas Sarkozy. Et lui connaissait son activité de militante socialiste et son engagement auprès du candidat de la "démondialisation". Ensemble, ils partageaient certaines analyses sur l'état du pays, notamment la fracture qui s'élargissait entre France des métropoles, qui profitait de la mondialisation, et France périphérique, péri-urbaine et rurale qui en pâtissait. Les mêmes auteurs – Guilluy, Huelin, Brustier – étaient lus dans chaque camp, le dernier nommé travaillant d'ailleurs aussi directement avec Montebourg. Ils étaient certains que la campagne présidentielle se jouerait sur le thème du rapport à la mondialisation. « Montebourg est le seul chez vous qui ait vraiment compris ça », expliqua AmantDe-Droite. Anne- Sophie ne répondit pas, se contentant d'approuver d'un sourire. Elle avait décidé de ne parler ni de sa rencontre avec DSK ni, bien sûr, de ses projets de travail pour le directeur du FMI, encore moins de sa découverte de la lucidité de ce dernier sur ces sujets. Car AmantDe-Droite avait de grandes qualités : il était beau, intelligent et lui faisait formidablement bien l'amour ; mais il avait aussi un gros défaut, il était très bavard avec sa maîtresse. Profiter des défauts d'un homme était-il plus immoral que profiter de ses qualités ?

***

Anne-Sophie dégustait son champagne dans le salon du Lion, au stade Bonal. Ses protégés jaunes et bleus avaient, au terme de cette trente-septième journée du championnat de France, validé leur ticket pour la Ligue Europe, en battant l'AS Saint-Étienne grâce à un but d'Ideye et un second de Vincent Nogueira, avec lequel elle venait justement de trinquer. Son regard croisa alors celui de Pierre Moscovici. En une seconde, elle eut deviné. Elle savait qu'il savait.

***

Dominique Strauss-Kahn avait de la chance. Il avait pris l'un des derniers avions avant l'éruption du volcan islandais qui bloquait désormais une bonne partie du trafic aérien. Entre mardi, le jour où il avait rencontré Anne-Sophie Myotte, et ce dimanche où il s'était réveillé tôt dans sa maison de Washington, il n'avait pas eu l'occasion de faire le bilan de cette rencontre. La jeune femme avait été fidèle à ce qu'il savait d'elle. Caractère bien trempé, intelligence vive, sûre d'elle-même, libre. Du caractère, il fallait en avoir s'il l'engageait. La réaction de Moscovici n'était qu'un apéritif. Un tueur comme Cambadélis ne se gênerait pas pour former une coalition afin de la dézinguer s'il le pensait nécessaire. DSK savait qu'il ne pourrait pas lui assurer une protection totale en pleine campagne électorale. La vitesse et les aléas de cette dernière ne laissent pas une grande marge de manœuvre. Pressé par les événements, on est parfois contraint d'éliminer un seul élément du puzzle pour ne pas tout perdre. Il faudrait donc qu'Anne-Sophie sache trouver des alliés dans le dispositif. Qu'elle sache aussi composer. C'est sur cette capacité qu'il ressentait quelques doutes. Il constatait que la réflexion qu'il conduisait à propos de cette femme, jeune et d'une grande beauté, n'était plus que politique. Sa réputation – méritée – de ne voir les femmes, au moins celles qui lui plaisaient, qu'à travers le prisme sexuel allait en prendre un coup. Ses fidèles, lorsqu'ils le remarqueraient, se féliciteraient-ils de ne le voir concentré que sur l'objectif pour lequel ils se battaient tous depuis des années ? Ou considéreraient-ils qu'une femme capable d'un tel exploit ne pouvait, par définition, qu'être extrêmement dangereuse ? Peu confiant sur la nature humaine, il pencha plutôt pour la seconde option. Il ne faudrait pas seulement protéger Anne-Sophie Myotte pour profiter de ses conseils pendant toute la campagne électorale. Il faudrait aussi que cette dernière fasse preuve d'un tempérament à toute épreuve. *Survivor* !

Dominique Strauss-Kahn regarda les images du volcan Grimsvötn sur CNN. Et il songea au tempérament d'Anne-Sophie Myotte. Cette image lui fit également penser à lui-même qui, un jour ou l'autre, pouvait aussi entrer en éruption lors des contacts en tête-à-tête qu'il aurait avec sa future conseillère. À la réflexion, le meilleur ennemi de cette collaboration naissante, c'était moins Mosco ou Camba que ce qui se trouvait entre ses jambes.

***

Nicolas Sarkozy acheva la lecture de la note blanche de la DCRI. Rassuré, il se rappela le bon temps où lui aussi pouvait se permettre de donner rendez-vous à une jeune militante du RPR dans le but unique de la posséder. La différence avec DSK, c'est que lui-même arrivait non seulement à maîtriser ses élans mais qu'il faisait aussi preuve d'une très grande prudence, qui n'avait d'égal que son goût pour la conquête du pouvoir et aujourd'hui de sa conservation. Ainsi, DSK s'était entiché d'une jeune économiste du PS aux positions plutôt hétérodoxes, et qui bossait pour un de ses adversaires à la primaire socialiste. Tout cela n'était pas très important. Tout juste le président constatait-il que DSK conservait cette tendance à la dispersion, dont il avait pourtant dit à un parterre de journalistes qu'il était en train de la vaincre. Nicolas Sarkozy sourit, en pensant à tous ceux qui l'annonçaient battu d'avance.

***

Anne-Sophie Myotte était passée à la gare de Lyon pour acheter *L'Est Républicain* et en avait profité pour se procurer des billets pour son prochain week-end aux Terres-de-Chaux. En première page, une photo de DSK et ce titre : « Oui, je suis candidat. » C'est à un journal de la presse quotidienne régionale qu'il avait réservé le scoop. Il avait également ciblé un secteur industrieux, victime de la mondialisation sauvage. Chirac avait annoncé sa candidature à *La Voix du Nord* lors de sa campagne de 1995, dont la fracture sociale était le thème. DSK avait donc choisi *L'Est*, vendu principalement en Lorraine et en Franche-Comté. Et il avait accordé un entretien très court, où il annonçait sa décision de concourir à la primaire socialiste et de démissionner de ses fonctions de directeur général du FMI. Il expliquait que les prochaines semaines seraient consacrées aux formalités qu'entraînaient son départ de l'institution et le passage de témoin avec la personnalité qui allait lui succéder et qui ferait l'objet de tractations entre États-Unis, Europe et pays émergents. Il prendrait ensuite quelques jours de vacances, avant de débuter sa campagne à la rentrée, précisant qu'il ne savait pas encore s'il serait présent fin août à La Rochelle pour les universités d'été du PS. La primaire, expliquait-il, n'était pas « réservée aux seuls militants du parti socialiste mais à tous les électeurs se réclamant des valeurs de la gauche ».

Les réactions à la candidature de DSK étaient déjà nombreuses puisque l'information avait filtré la veille au soir sur les chaînes d'info. Faisant chorus, Jean-François Copé et Nadine Morano dénonçaient « une sorte de trahison d'un homme qui s'était engagé, avec l'appui du président de la République, à porter des dossiers de la plus haute importance pour l'économie mondiale, et qui abandonnait son poste au pire moment, pour s'engager dans une guéguerre partisane au sein du parti socialiste ». Jean-Christophe Cambadélis, quant à lui, saluait « la décision d'un homme qui souhaitait faire profiter à son pays des qualités aujourd'hui reconnues dans le monde entier ». Marine Le Pen plastronnait : « Le mondialisme nous offre déjà son candidat le plus emblématique. » Sur les chaînes d'information continue, les débats s'enchaînaient sur deux principaux thèmes : « Mi-juin, est-ce que c'est la bonne date pour l'annoncer ? » et surtout « DSK a-t-il déjà gagné la primaire ? » Après Ségolène Royal, Arnaud Montebourg et François Hollande, il était donc le quatrième candidat à la primaire. Le radical de gauche Jean-Michel Baylet annoncerait sans doute sa candidature dans les semaines à venir. Manuel Valls devrait dissiper l'ambiguïté dans les prochains jours en déclarant son soutien au directeur du FMI. Anne-Sophie Myotte se demanda si le choix de *L'Est Républicain* était un signe qui lui était doublement adressé, politiquement et géographiquement. « Cela valait en tout cas mieux que de l'annoncer avec un tweet », pensa-t-elle.

***

Le téléphone de DSK sonna et le nom de Jean-Christophe Cambadélis apparut sur l'écran. Il décrocha. Camba lui annonça les résultats du premier tour de la primaire interne des écologistes. Eva Joly distançait Nicolas Hulot, démentant tous les sondages. DSK ne comprenait pas que des journaux puissent acheter des sondages effectués sur la base des sympathisants alors qu'il s'agissait là d'une primaire fermée. Effectivement, Hulot était le préféré des électeurs, mais il ne l'était pas forcément des militants. Toutefois, cette victoire assurée de Joly l'arrangeait. Les écologistes sciaient la branche sur laquelle ils étaient assis. Hulot, au vu de sa popularité, aurait été un candidat beaucoup plus gênant. Un score à deux chiffres n'était pas à exclure. Avec la pauvre Eva Joly, qui avait autant de qualités pour être candidate à l'élection présidentielle que lui pour diriger un monastère, le score serait largement en dessous des cinq points. Dès lors, il n'était pas question de négocier rapidement, comme Cécile Duflot le souhaitait, les investitures pour les prochaines législatives. En cas de candidature de l'animateur de TF1, le parti socialiste avait intérêt à leur accorder tout de suite le groupe parlementaire qu'ils réclamaient. Mais avec une candidate aussi catastrophique, il était bien plus judicieux de leur demander de faire leurs preuves à la présidentielle.

Certes, les écologistes avaient déjà changé de candidat alors que celui-ci faisait une campagne déplorable. En 2002, le pauvre Alain Lipietz, pourtant désigné par les militants, avait été débarqué en catastrophe, au profit de Noël Mamère qui avait pu dépasser la barre fatidique des 5 %. Mais le risque était moins élevé en 2012. On ne débarquait pas une personnalité avec un tel poids médiatique comme on avait pu le faire avec Lipietz. Joly allait donc s'enfoncer sans qu'on puisse la remplacer. Et il fallait en profiter.

« Il faut dire à Borgel de préparer des candidats partout, demanda DSK.

— Et Martine ?

— Je m'occupe de Martine. Dis à Borgel de préparer sa liste de candidats, y compris dans les circonscriptions que nous réclament les Verts pour former un groupe à l'Assemblée. Il n'est pas question de les laisser faire s'il s'avère qu'ils pèsent 3 % à la présidentielle. Ce serait le casse du siècle. Avec Hulot, il faudrait négocier dès maintenant, mais avec Joly, il faudrait être dingue. »

Christophe Borgel, strauss-kahnien et proche de Cambadélis, était chargé des élections dans l'équipe de Martine Aubry à Solférino. Il appliquerait sans discuter les consignes du patron.

Après avoir raccroché, Dominique Strauss-Kahn eut un sourire en pensant à celle qui avait ironisé à son propos : « DSK, je le connais, je l'ai mis en examen. » Sa candidature était une excellente nouvelle. Élu président, il serait beaucoup plus tranquille sans un groupe écolo dans les pattes.

CHAPITRE III

L'été était agréable aux Terres-de-Chaux. Dans la chambre d'Anne-Sophie, Amy Whinehouse chantait :

We only said goodbye with words
I died a hundred times
You go back to her
And I go back to...

La chanteuse, quelques jours auparavant, avait été victime d'une overdose. Mais les médecins londoniens avaient réussi par miracle à la sauver. Elle était désormais hors de danger.

Anne-Sophie travaillait. Elle continuait de rédiger des notes sur tous les sujets à Arnaud Montebourg. Le candidat de la démondialisation poursuivait sa campagne avec panache. Il avait entamé une tournée dans les villes où il s'adressait directement aux électeurs en improvisant un “stand-up”. Le succès était au rendez-vous. Anne-Sophie avait assisté à quelques-uns d'entre eux. Certes, l'éloquence du député bressan y était pour quelque chose, mais les thèmes abordés, et en particulier celui du protectionnisme, attiraient les curieux.

« Si on a peur du mot, on a peur de la chose », répétait inlassablement Anne-Sophie dans ses notes. Quand le PS tentait de réfléchir sur la problématique du libre-échange, personne n'osait vraiment prononcer le mot “protectionnisme”, synonyme de repli, de nationalisme et de guerre. On accouchait alors de slogans comme “juste-échange” qui sonnaient déjà comme un renoncement.

Un jour, elle avait découvert une déclaration de Pascal Lamy, qui qualifiait le concept de “démondialisation” de “réactionnaire”. Elle avait envoyé à Arnaud ce texto : « Lamy ne te veut pas du bien. Très bon signe. » C'était peu dire qu'elle ne croyait pas aux sondages qui annonçaient son candidat dans les choux, entre 3 et 6 points. Ces sondages étaient effectués sur de fausses bases pour la bonne et simple raison qu'il était impossible de connaître le corps électoral qui participerait à la primaire socialiste, première du genre. Les journaux auraient demandé des enquêtes à des cartomanciennes qu'ils n'auraient pas fait preuve de moins de ridicule. Il suffisait d'aller un peu sur le terrain et de voir la diversité des gens qui s'intéressaient à la compétition entre les candidats socialistes, pour s'apercevoir que Ségolène Royal n'intéressait plus que ses fans de Désirs d'Avenir, que François Hollande décollait un peu grâce au concept de “président normal” et qu'Arnaud

Montebourg créait une véritable dynamique qui le porterait beaucoup plus haut que ce qui était annoncé. Mais, après tout, si le futur score de son candidat était qualifié de "surprise" par les journaux au soir du premier tour, le choc dans l'opinion n'en serait que positif. Quant à DSK, il était annoncé très haut. La question était de savoir s'il aurait besoin d'un second tour ou non. Improbable, disaient les fameux sondages. « Cela se jouera à pas grand-chose » avait tranché Anne-Sophie alors que son AmantDeDroite l'interrogeait.

Son AmantDeDroite, justement, aurait bien voulu l'emmener une semaine à Djerba. Mais elle avait décliné. Il avait boudé pendant quelques jours, puis avait proposé de la rejoindre en Franche-Comté. « Viens ce week-end », avait-elle répondu. Il avait ainsi pu découvrir, pour la première fois, le village d'Anne-Sophie, la ferme, les vaches, et le syndicaliste de la confédération paysanne, espèce qu'il connaissait, à vrai dire, encore moins bien que les différentes races bovines. Ensemble, ils étaient allés au restaurant Mon Plaisir à Chamesol, village voisin. Il avait lu – mais où donc l'avait-il lu ? – qu'il s'agissait de l'un des restaurants les plus réputés de la région et l'avait proposé à Anne-Sophie, étonnée qu'il connaisse les bonnes tables locales. Rentrés légèrement pompettes, ils avaient passé une nuit torride. Contrairement à Paris, Anne-Sophie n'avait pas gardé ses vêtements. Comme si le fait de recevoir son amant chez elle – vraiment chez elle – avait battu en brèche les conseils de la comtesse Alexandra. Le lendemain, elle l'emmènerait en vélo sur les routes et lui en ferait baver. Et il repartirait le soir vers Paris. Elle avait encore du travail pour Montebourg, et ça il le savait, mais aussi pour DSK dont elle guettait tous les mouvements. Elle préparait un plan de bataille, étudiait le parcours de chaque membre de la garde rapprochée strauss-kahnienne. Elle avait ainsi caché tous les livres et toutes ses notes concernant DSK afin que son amant ne les découvre pas dans la nuit, à la faveur d'une insomnie. À la fin du mois, elle irait à La Rochelle. Ce dernier n'y serait évidemment pas.

***

Il faisait beau sur le port de La Rochelle. Des militantes, dont l'opulente poitrine était engoncée dans un tee-shirt siglé MJS, distribuaient des tracts rédigés dans un français douteux où il était question de la lutte nécessaire contre le FN et Sarkozy. Anne-Sophie en accepta poliment un exemplaire, le parcourut rapidement, et se dit que la priorité allait plutôt à la lutte contre l'échec scolaire. Délaissant un peu les ateliers de l'université d'été, elle avait rendez-vous avec un copain journaliste. Déjà attablé sur une terrasse du port, l'homme qui l'attendait lui fit un petit signe de la main. Gérald Andrieu suivait les partis de gauche pour l'hebdomadaire *Marianne*. Anne-Sophie embrassa le journaliste et s'assit à côté de lui face au port.

« Comment vas-tu, Gérald ?

— Très bien, et toi ?

— Bof, je viens de prendre un bain de connerie dans un atelier consacré à la construction européenne. J'aurais mieux fait d'aller prendre un bain de mer.

— Mais j'y suis passé. Tu lui as mis quelque chose, à l'énarque qui animait le débat !

— Ah, parce que tu appelles ça un débat, toi ? Moi, j'avais plutôt l'impression d'une séance de catéchisme. À la différence près que le caté des Terres-de-Chaux, à base d'Évangile selon saint Mathieu, était tout de même plus utile que celui-là, à base d'Évangile selon saint Jacques Delors.

— Anne-Sophie, réveille-toi. Il s'agit d'une université d'été. Et tu es membre du parti socialiste. Du parti socialiste. Si tu veux parler comme ça de l'euro, il faut aller chez Dupont-Aignan la semaine prochaine. Et puis, dire à l'énarque qu'il raisonnait comme un âne, était-ce bien nécessaire ?

— Il était le seul à ne pas savoir. C'était injuste. Je déteste l'injustice. C'est pour ça que je suis encore membre du PS. »

Gérald Andrieu pouffa. Il avait découvert Anne-Sophie Myotte six mois auparavant dans une réunion avec Emmanuel Todd et Jacques Sapir. Formé à l'école de Philippe Cohen, le journaliste s'intéressait beaucoup aux tenants de "l'autre politique". Il avait été séduit par cette économiste dont l'accent franc-comtois, peu gracieux, tranchait avec la beauté et la finesse du jugement.

Philippe Cohen était l'un des fondateurs de l'hebdomadaire longtemps dirigé par Jean-François Kahn. Chef du service Économie durant des années, il en supervisait le site internet dont il avait fait un espace de liberté fidèle à l'esprit des débuts du journal, en 1997. Depuis que Kahn n'en était plus le directeur mais que Maurice Szafran avait pris le relais, les colonnes de l'hebdomadaire se distinguaient moins idéologiquement de celles de son concurrent, *Le Nouvel Obs*. En fait, il ne surfait plus que sur l'anti-sarkozysme, et se laissait aller à la facilité. Cohen avait aussi créé à la fin des années 1990, avec quelques amis journalistes et intellectuels, la fondation Marc-Bloch (rebaptisée par la suite fondation du 2 mars). Cette institution avait pour but de faire pièce à la fondation Saint-Simon, fondée par François Furet, qui réunissait tout ce que Paris comptait de personnalités notamment favorables à l'Europe telle qu'elle se construisait. Le fameux "cercle de la raison", cher à Alain Minc, l'apôtre de "la mondialisation heureuse". Philippe Cohen était aussi l'auteur, avec Pierre Péan, d'un ouvrage qui avait défrayé la chronique sur *Le Monde*, qui avait fait trembler sur ses bases le grand journal du soir, dirigé alors par le trio Colombani-Minc-Plenel, pilier de la "pensée unique". C'est avec cet homme que Gérald Andrieu avait donc fait ses premières armes dans le journalisme. Il interrogea Anne-Sophie :

« Alors, cette primaire, comment la sens-tu ? Nono va-t-il faire un score à deux chiffres ?

— Bien sûr. Nous serons au-dessus de quinze. Tu le sens comment, toi, de l'extérieur ?

— Je le vois plus haut qu'il n'est annoncé, évidemment. Mais au-dessus de quinze, il faudrait vraiment que Ségo soit dans les choux.

— Elle le sera. C'est d'ailleurs injuste car elle commence à comprendre pas mal de choses. Elle voit bien plus clair qu'en 2007. Mais les gens qui apprécient Ségo ne voteront pas à la primaire.

— La question que tout le monde se pose aujourd'hui, c'est "second tour ou pas second tour" ?

— Franchement, je ne sais pas, Gérald. Cela va se jouer entre 45 et 60 pour DSK, mais je suis incapable de faire un meilleur pronostic. Cela dépend beaucoup de Hollande. Sa campagne prend. Tout le monde a mésestimé gravement le fait qu'il avait construit des réseaux solides dans le PS en dix ans. Où qu'il aille, il y a toujours quelqu'un pour l'accueillir et lui organiser une réunion.

— Il fait campagne, lui.

— DSK est déjà dans la campagne face à Sarkozy.

— Il a tort, à ton avis ?

— C'est un risque à prendre. En faisant une campagne *a minima*, il évite les petites phrases, il est déjà dans l'après, dans la seule bataille qui compte pour lui. Il apparaît ainsi comme celui qui va jouer la Ligue des Champions alors que les autres ne jouent que la Ligue 1. Mais il laisse aussi Hollande l'attaquer et son manque de répondant peut lui coûter le fait de devoir passer par un second tour qui serait une très mauvaise nouvelle pour lui. Il fallait qu'il fasse un choix.

— Et vous, vous visez quoi ? La deuxième place ?

— Oui, l'idéal c'est d'être deuxième. Outre le fait que le rang serait flatteur quand on nous annonce à 3 depuis des mois, ce serait aussi le signe qu'il n'y aurait pas de second tour DSK/Hollande, qui obligerait Arnaud à choisir. Et puis ce duel, Sarkozy en rêve. Si on pouvait éviter de lui faire ce cadeau... »

Arnaud Montebourg, accompagné de Gaël Brustier, Aquilino Morelle et Boris Vallaud, marchait sur le port. Apercevant Anne-Sophie Myotte et Gérald Andrieu, il se dirigea vers eux, embrassa la militante comme du bon pain, serra fermement la main du journaliste de *Marianne*, et leur demanda des nouvelles de manière si sonore que toute la terrasse en profita.

Anne-Sophie lui glissa : « Moins fort, Arnaud, les caméras du *Petit Journal* ne sont pas là. » Montebourg ne releva pas la pique, demanda à Andrieu des nouvelles de Philippe Cohen et de Jean-François Kahn, puis repartit avec ses trois collaborateurs. Gérald Andrieu attendit quelques secondes et interrogea Anne-Sophie :

« Il va venir, DSK ? Personne n'a pu ou voulu me le dire depuis ce matin.

— *Motus* ?

— *Motus.*

— Il passera dimanche matin, mais il ne prononcera pas de discours. Juste une participation au dernier atelier. Un atelier avec Valls, qui va certainement lui déclarer sa flamme.

— Je savais bien qu'il fallait t'inviter à boire un verre. »

Anne-Sophie sourit à Gérald Andrieu, finit son bock de bière et prit congé. Le journaliste n'avait pas perdu son temps.

***

Anne Hommel et Anne-Sophie Myotte nageaient parallèlement à la plage de Châtelaillon alors que, quelques kilomètres plus loin, François Hollande développait son concept de "président normal" aux universités du PS dans un discours qui ne ferait manifestement pas date. La veille au soir, elles s'étaient rencontrées juste après l'intervention de Ségolène Royal. Anne Hommel était l'une des personnes les plus proches du couple DSK/Anne Sinclair. Employée de l'agence de publicité Euro RSCG, elle gérait depuis longtemps la communication de DSK. Ancienne assistante parlementaire de Jean-Christophe Cambadélis, elle avait été la compagne de Christophe Borgel, père de ses deux enfants, et vivait aujourd'hui avec François Kalfon, conseiller régional, lui aussi très proche de Strauss-Kahn. C'est elle qui avait pris l'initiative de contacter

Anne-Sophie, devant la buvette des universités du PS.

« Hollande parle demain après-midi. Si on se retrouvait ici dès le début de son discours ? On irait nager et on discuterait un peu ?

— J'y serai. »

Ensuite, Anne-Sophie avait rejoint l'équipe de Montebourg dans un restaurant de La Rochelle, puis avait travaillé avec le candidat et quelques autres collaborateurs à l'intervention de ce dernier, qui devait avoir lieu le lendemain en fin de matinée. Excellent orateur, le député bressan s'était taillé un joli succès d'estime, ses thèmes rejoignant de plus en plus les aspirations de militants. En milieu d'après-midi, alors que l'ancien premier secrétaire du PS avait débuté son discours, Anne-Sophie avait retrouvé le couple Hommel-Kalfon devant la buvette et ils étaient partis en voiture à Châtelaillon-Plage. Dans la voiture, la conversation avait porté sur les interventions de Ségolène Royal et d'Arnaud Montebourg, mais le sujet DSK avait été soigneusement évité.

Alors qu'elles effectuaient leurs premières brasses, Anne Hommel avait pris l'initiative :

« Où en est votre réflexion, Anne-Sophie ?

— Elle progresse dans le sens que Dominique souhaite.

— Nous allons donc travailler ensemble. Dominique m'a lâché le morceau début juillet. Pour l'instant, c'est un secret bien gardé. Camba n'a pas l'air au courant. Et je ne suis pas certaine qu'il en ait parlé à Anne.

— J'ai cru comprendre que Pierre Moscovici le savait aussi. Depuis le début.

— Je sais. Et malgré son opposition farouche, il a gardé le secret. Signe qu'il se résigne. Mosco sera le directeur de campagne.

— Et là, vous souhaitez me faire comprendre qu'il faut aussi que je me résigne à cette perspective radieuse ?

— Très exactement.

— Je croyais que Dominique souhaitait m'envoyer des signes positifs...

— Il vous en a envoyé quelques-uns, non ?

— Pour l'instant, c'est maigre.

— François va vous en donner un autre tout à l'heure. Il souhaite organiser avec vous une rencontre entre DSK et quelques intellectuels que vous connaissez tous les deux : Bouvet, Guibert, Maillard, Guilluy.

— Enfin une bonne nouvelle.

— Il faut que vous le sachiez, Anne-Sophie, Mosco sera directeur de campagne, mais Dominique souhaite qu'il soit confiné à la logistique. Pour le stratégique, il compte sur vous. Mais il faut ménager les susceptibilités.

— Et Camba dans tout ça ? Le côté stratégique, c'est quand même lui, d'habitude.

— Il aura un rôle, c'est sûr. Mais Dominique compte sur vous. Sachez que François et moi sommes des alliés dans le dispositif. Vous aurez besoin d'alliés. »

Anne-Sophie ne répondit pas. Hommel poursuivit :

« Restons en contact pendant la primaire. Dominique m'a demandé d'être le lien entre vous et lui pendant cette période. Pour préparer la suite.

— Si cela ne me met pas en porte-à-faux avec Montebourg, je n'y vois pas d'inconvénient.

— Il s'agit bien de préparer la suite. Voyez avec François pour l'organisation de cette rencontre avec Bouvet et les autres. Qui devra avoir lieu aussitôt que Dominique sera désigné candidat.

— Je verrai avec François. »

Les deux femmes rejoignirent la plage, où attendait François Kalfon. Dans la voiture, ils évoquèrent la venue éclair et surprise de DSK le lendemain. Kalfon fit part à Anne-Sophie Myotte de ses projets de rencontre dont Anne Hommel lui avait déjà parlé. Le couple déposa ensuite Anne-Sophie devant son hôtel. Sous la douche, elle prit conscience que, dans sa tête, elle était déjà la conseillère stratégique de Dominique Strauss-Kahn.

***

BFMTV et iTÉLÉ ouvrirent toutes les deux leur journal de 9 h 30 sur une chaise. Cette chaise venait d'être ajoutée sur la scène du Palais des Congrès de La Rochelle parce qu'un invité-surprise participerait au dernier atelier de l'université d'été du parti socialiste. La rumeur avait commencé à bruisser pendant la nuit. Savamment distillée par le premier cercle de DSK : il serait de passage lors de ce dimanche de clôture dans un débat sur la laïcité auquel participerait aussi Manuel Valls. Depuis vingt minutes, la nouvelle avait été confirmée par le député-maire d'Évry lui-même dans un tweet : « Heureux et fier de débattre de laïcité avec DSK tout à l'heure aux #UEPS. » Les réseaux sociaux s'étaient enflammés. Les chaînes d'info suivaient. TF1 et France 2 travaillaient déjà à un sujet pour le JT de 13 h 00. Pour la première fois, les traditionnelles universités d'été du PS à La Rochelle précédaient des élections primaires. Rien à voir avec la désignation de la candidate d'il y a cinq ans.

Même si elle avait pu être considérée ainsi et qu'elle avait été qualifiée de "primaire fermée", l'élection de 2006 ne constituait pas vraiment une innovation. En 1995, les militants socialistes avaient aussi désigné directement leur candidat, en l'occurrence Lionel Jospin, opposé alors au premier secrétaire Henri Emmanuelli. En cet automne 2011, tous les électeurs français pouvaient y participer, même si on y invitait plutôt ceux qui se reconnaissaient dans la gauche. Une simple déclaration d'adhésion à des valeurs de gauche serait signée par le participant à l'élection primaire qui devrait également s'acquitter d'une participation d'un ou deux euros au titre des frais d'organisation. Cela ne mangeait pas de pain, même pour un électeur de droite.

Lors de ces journées de La Rochelle, trois candidats s'étaient déjà exprimés dans de grands discours : Ségolène

Royal le vendredi soir, Arnaud Montebourg le samedi matin et François Hollande le samedi après-midi. Jean-Michel Baylet était passé en coup de vent mais n'avait pas eu les honneurs d'une tribune. Restait DSK dont on savait qu'il ne prononcerait pas de discours, mais qui avait laissé planer le suspense sur sa possible venue. C'est à pied que l'ancien directeur du FMI arriva, accompagné de Jean-Christophe Cambadélis, Pierre Moscovici, Christophe Borgel et Jean-Marie Le Guen. Il fut accueilli par Martine Aubry dans une forêt de caméras devant le Palais des Congrès vers 9 h 50.

Sur BFMTV, Ruth Elkrief et Olivier Mazerolle s'étaient exceptionnellement levés pour commenter en direct le retour de DSK. D'ailleurs, un bandeau « Édition spéciale : DSK is back » fendait l'écran. Comme d'habitude, la chaîne d'Alain Weill en faisait des tonnes. iTÉLÉ avait opté pour un plus modeste « DSK à La Rochelle ». Pas question de diffuser en direct l'atelier sur la laïcité ; les considérations de Michel Wieviorka ou de Rokhaya Diallo pourraient endormir ou faire fuir le téléspectateur. Mais les deux chaînes se tenaient prêtes à diffuser une éventuelle prise de parole importante de DSK, voire de Manuel Valls. Et pendant ce temps, on commenterait avec des invités politiques en plateau, Yves Jego et Louis Aliot sur BFM, Geoffroy Didier, secrétaire national de l'UMP, sur iTÉLÉ.

Manuel Valls avait demandé qu'on puisse lui donner la parole dès le début de l'atelier. Martine Aubry, qui savait de quoi il retournait, avait fait passer le mot à Laura Slimani, la militante MJS qui animait le débat, qu'il était important de lui donner satisfaction. Et ce que tout le monde attendait arriva : Manuel Valls expliqua qu'il n'avait pas demandé à Martine Aubry de prononcer un grand discours de candidat parce qu'il avait décidé de ne pas être candidat à la primaire. Mais que « son candidat », « celui qu'il soutiendrait de toutes ses forces », « était présent sur la scène », à côté de lui. Martine Aubry, assise au premier rang, qui ne pouvait pas encadrer Valls, mais qui savait l'importance de ce moment, participa sans rechigner à la “standing ovation” qui suivit.

DSK, cadré en gros plan, appréciait et attendait. Hollande, Royal et Montebourg n'assistaient pas à cette démonstration de force. DSK remercia Manuel Valls pour son soutien, « lui qui aurait fait un excellent candidat à la primaire, avec qui il aurait eu intérêt et plaisir à débattre », ainsi que le MJS et Martine Aubry de « lui avoir permis de participer à cet atelier sur un sujet essentiel pour les Français ». Pendant le débat sur la laïcité, alors que Valls se voyait reprocher par Wieviorka et Diallo son vote en faveur de la loi d'interdiction du voile intégral, DSK prit non seulement la défense du député-maire d'Évry mais ajouta : « Je ne suis pas certain qu'il fallait une loi pour interdire le port du voile intégral ; peut-être qu'un simple arrêté ministériel aurait suffi. Mais du moment qu'il était demandé de se prononcer à l'Assemblée nationale, je peux vous dire que j'aurais pris, moi, la même décision que Manuel Valls. Vous avez beaucoup travaillé depuis vendredi et j'ai cru comprendre que pas moins de trois ateliers étaient plus ou moins consacrés au féminisme. Je vous le dis tout net : on ne peut difficilement prétendre être attaché à la condition des femmes dans le monde et dans notre pays et accepter cette forme indiscutable de leur abaissement. » De nombreux militants se levèrent pour applaudir chaleureusement, couvrant quelques sifflets. Sombre, Martine Aubry, qui était en désaccord, applaudit néanmoins poliment. Manuel Valls, à la tribune, buvait du petit lait.

***

Debout, dans le fond de la salle, Anne-Sophie Myotte comprit le signe qui était adressé à tous les Français en général et à elle en particulier. DSK venait à la fois de tacler le PS, qui s'était battu contre le principe d'interdiction du voile intégral, les associations féministes, dont il disait à mots couverts qu'elles feraient mieux de s'occuper de sujets sérieux, et d'envoyer un message à la droite du genre « vous ne me piégerez pas sur ce terrain-là ». Finaud, l'ancien directeur du FMI démontrait qu'il pouvait être consensuel à gauche, comme le prouvait cette approbation générale des militants, tout en prenant une position minoritaire du point de vue des dirigeants de son parti. Il se montrait à la fois libre, indépendant et néanmoins massivement approuvé. « Bien joué », se dit-elle. Lorsque, le débat terminé,

DSK croisa son regard alors qu'une nuée de caméras l'accompagnait, personne ne vit cette jeune et jolie femme brune lever son pouce en direction de l'ancien ministre des Finances.

***

Bruno Talanski patientait à une terrasse du boulevard Haussmann. Pour tromper l'ennui, il faisait défiler son fil Twitter sur son téléphone. Ce n'est qu'au bout de vingt-cinq minutes que l'homme avec lequel il avait rendez-vous s'assit en face de lui.

« Excuse-moi. Mon papier pour RTL a pris plus de temps que je ne le pensais.

— Pas grave, Éric. Tu sulfates qui, demain ?

— Strauss-Kahn, et son petit laïus sur la laïcité, qu'il fait semblant de redécouvrir.

— OK, et ça roule, sinon ?

— Oui, et toi ?

— Pas trop mal, je te remercie.

— Toujours le nez dans les sondages ?

— Je n'arrête pas. Patrick me bombarde. Je fais des notes, des notes, des notes. Je vais faire une indigestion de sondages et il va faire une indigestion de notes.

— Elles sont bien, tes notes. Il m'en envoie, de temps en temps.

— J'ai cru comprendre, en t'écoutant. Notamment ce printemps, chez Ruquier.

— Me parle pas de lui. J'aurais tellement voulu faire une dernière saison avec la présidentielle. Mais il nous a jetés. Et il a mis deux nanas.

— Celle qui te remplace est excellente, non ?

— Ouais. Possible. Mais elle n'a pratiquement jamais interviewé de politiques. Alors que Pulvar, si. De toute façon, Polony ou pas, nous méritions cette saison, avec Naulleau. Mais nous allons continuer à bosser ensemble. On a un projet sur Paris Première. Et on sera maîtres à bord. »

Le serveur remarqua la présence d'Éric Zemmour, qui portait un Lacoste couleur canari peu discret sous sa veste, et vint prendre la commande. Le portable de Bruno Talanski, posé sur la table, vibra. Apparut alors sur l'écran « Message de ComtesseAlexandra ». D'habitude plutôt discret, Éric lui fit remarquer :

« Tu te prends pour le prince Malko ?

— Je voyage moins que lui, malheureusement. La demoiselle qui m'envoie ce message a quelque chose qui me rappelle la Comtesse Alexandra. Mais comme je suis un gentleman, et même si tu en crèves d'envie, je ne te dirai pas de quoi il s'agit. »

Bruno Talanski avait répondu tout en consultant le message, le teint légèrement rougissant. Éric Zemmour plaisanta :

« Dommage. Pour une fois que je peux causer filles avec un collaborateur de Buisson…

— Causer filles, je peux. Mais on ne va quand même pas entrer dans tous les détails.

— Mignonne ?

— Le mot est faible.

— Tant que ça ? Faudra me la présenter alors.

— Je te connais. Tu ne pourrais pas t'empêcher de la draguer comme un malade.

— Pourquoi "comme un malade" ? Si elle est mignonne, je la drague, et elle choisit. Entre toi et moi. Que le meilleur gagne. »

Zemmour fit une pause et, voyant qu'il embarrassait Bruno, reprit :

« Allez, changeons de sujet, puisque ça t'embarrasse.

— Cela ne m'embarrasse pas. Elle a trente ans et c'est une militante socialiste. Très talentueuse.

— Une militante socialiste qui aurait du talent ? Tu me fais une blague ?

— Pas du tout.

— Je crois beaucoup à cette théorie d'un auteur communiste… Zut, je ne me rappelle plus de son nom…

— Peu importe. Quelle théorie ?

— C'est une théorie sur les femmes nées après les chocs pétroliers. En gros, elles ne seraient plus vraiment humaines.

— Leroy.

— Quoi, Leroy ?

— L'auteur, c'est Jérôme Leroy.

— Oui, c'est ça. Jérôme Leroy ! Donc, elles seraient des sortes de mutantes Alors si, en plus, elle cumule talent et carte du PS, la tienne est carrément extraterrestre. »

Bruno éclata de rire.

« Elle est pire qu'extraterrestre. Elle est franc-comtoise.

— Franc-comtoise ? C'est une Mosco-girl ?

— J'ai dit qu'elle avait du talent, Éric !

— Ah oui, j'oubliais.

— Donc, pour résumer, elle est franc-comtoise, elle ne peut pas encadrer Moscovici, elle a un talent fou et mon problème, c'est qu'elle mène la danse.

— Je ne vais pas te refaire tout *Le Premier Sexe* mais tu connais mon avis là-dessus. Vous avez vraiment un problème, les mecs de votre génération.

— Oui je sais. Mais le problème, c'est qu'on ne change pas de génération comme ça. Allez, changeons de sujet et puisqu'on parle de militante socialiste, comment tu vois la primaire, toi ?

— C'est plié.

— DSK au premier tour ?

— Au premier, au deuxième, on s'en fout. Il va gagner c'est tout.

— C'est important, le fait qu'il y ait un second tour ou pas, non ?

— Oui, s'il est élu au premier tour, il n'y aura pas de duel violent, pas de négos avec les candidats éliminés. C'est mieux pour lui. Mais l'essentiel n'est pas là.

— Il est où, l'essentiel ?

— Que le candidat des élites mondialisées aura gagné et que Patrick pourra imposer sa campagne identitaire à Sarko.

— Et Sarko gagne à la fin.

— Voilà, comme les Allemands au foot. Enfin, comme les Allemands d'avant.

— Je ne vais pas te contredire. Je bosse là-dessus avec Buisson depuis des mois. Mais c'est loin d'être joué. D'abord, le rejet de Sarkozy est tel dans le pays que même avec des thèmes mobilisateurs, il n'est plus audible pour pas mal de gens. Je suis payé pour le savoir. Et ensuite, il n'est pas du tout évident qu'il vous écoutera, toi et Patrick. Il hésite entre deux campagnes.

— Si Sarko fait une campagne Minc-Giacometti, DSK peut déjà fêter sa victoire contre Marine Le Pen au deuxième tour.

— C'est le message qu'on lui fait passer. Mais il n'écoute pas que nous.

— Ne t'en fais pas. Je connais Sarkozy. Je le connais depuis vingt ans. Il y a effectivement deux Sarko en un. Le libéral et le bonapartiste. Il hésite constamment entre ces deux lignes. Mais là, DSK va préempter la campagne Minc-Giaco. Sarko va être contraint de prendre l'autre.

— En gros, il va gagner sans le faire exprès.

— Schématiquement, c'est ça.

— Tu es optimiste maintenant, toi ? »

Éric Zemmour sourit. Bruno lui reprochait souvent son pessimisme indécrottable. Et il répondait invariablement, en citant Bernanos, que « les optimistes n'avaient pas pitié des hommes ».

« Mais non. Je suis lucide et réaliste, comme d'habitude. »

Le journaliste regarda sa montre, puis sortit un billet de sa poche et le posa sur la table.

« Je vais devoir te laisser. Rappelle-moi vite. »

***

Les quatre premiers boutons de sa robe d'été étaient encore défaits quand Anne-Sophie déposa le plateau sur la table basse. Bruno, avec un caleçon pour seul vêtement, était assis en tailleur sur le vieux canapé. Elle servit deux verres de chiroubles. Comme souvent, les câlins leur avaient ouvert l'appétit.

Bruno Talanski en but une gorgée et interrogea sa maîtresse.

« Alors ? La Rochelle ?

— Le soleil était au rendez-vous…

— Anne-Sophie…

— Qu'est-ce que je peux bien te dire d'autre ? Tout est dans la presse.

— La primaire, ton poulain Montebourg, DSK en *guest-star* du dimanche… Voilà. Ce que tu en penses. Toi.

— Ségo sans dynamique, Hollande sans intérêt. Montebourg, il tient un peu compte de ce que je lui suggère, donc ça va. Et DSK a fait un joli coup. Voilà.

— Mais c'est assez différent de ce que j'ai pu lire dans la presse aujourd'hui, ça. Tu vois que ça valait le coup que je te demande. »

Anne-Sophie sourit à son AmantDeDroite, tandis qu'elle se préparait une tartine de la terrine qu'elle avait achetée le matin même. Comme d'habitude, elle en avait dit le minimum. Autant elle avait pu se donner dans l'heure qui avait précédé, autant elle se montrait radine lorsqu'elle était interrogée sur ses activités politiques. Depuis la fin du printemps et son contact avec DSK, cela ne s'était guère amélioré. Et pour cause. En revanche, Bruno n'avait pas besoin qu'on le pousse beaucoup pour qu'il se livre entièrement. Il raconta alors l'essentiel de son échange avec Zemmour, à l'exception de ce qui la concernait.

Quand il eut terminé, Anne Sophie lui fit cette remarque :

« Il n'a pas tout à fait tort, Zemmour, sur la campagne Minc. Mais vous oubliez quand même un élément essentiel.

— Lequel ?

— Vous n'arrêtez pas de parler identité, frontière... Mais l'essentiel, c'est la souveraineté. Et pas seulement dans les mots.

— Mais je n'arrête pas de l'expliquer à Buisson, dans mes notes ou en réunion. Une fois, j'ai rappelé ce passage de Bérégovoy à un vingt heures pendant la campagne de Maastricht. Il avait dit, benoîtement : “Il ne faut pas que les Français s’inquiètent. Ils pourront garder leurs coutumes.” Je leur ai dit : “En fait, l’identité telle que vous la concevez, ce sont les coutumes dont parlait Bérégovoy. Et vous dites aux électeurs que c’est déjà pas mal. En insistant sur ce seul thème, il y a toute une frange de l’électorat que vous énervez davantage qu’autre chose. Ceux-là, vous les poussez irrémédiablement chez Marine Le Pen qui, elle, joue sur les deux tableaux.”

— Évidemment. Et il te répond quoi, Buisson ?

— Que les Français ont peur d’un retour au franc, que la partie est déjà jouée sur la souveraineté monétaire, que Marine Le Pen a un discours de gauche, et qu’il faut en profiter pour la déborder sur la droite.

— Il n’a pas tort sur la peur du retour au franc. Mais si les Français ont peur de la fin de l’euro, c’est surtout parce qu’on leur fait peur. Sarkozy, ses ministres, la presse et mon parti. Il suffirait de pas grand-chose pour qu’ils craignent moins.

— C’est vrai. Et il y a aussi le fait que l’électorat de l’UMP est globalement un électorat de vieux.

— Qui n’ont pas forcément intérêt à la fin de l’euro, *a priori*. Mais à court terme seulement. »

Anne-Sophie mordit dans sa tartine, la dégusta et reprit.

« La crise grecque s’amplifie. Dans quelques semaines, Sarkozy et Merkel seront au pied du mur.

— Sur la présence de la Grèce dans la zone euro ?

— Oui. Merkel voudra lâcher la Grèce. Et là, on va voir l'attitude de Sarkozy.

— D'après ce que je sais, Sarkozy est prêt à menacer Merkel de sortir de l'euro dans un tel cas de figure. Voilà qui devrait ravir les tenants de l'autre politique, comme toi.

— Mais pas du tout, Bruno ! À ton avis, qu'est-ce qui se passera si Sarkozy menace ?

— ...

— Merkel cédera. Donc, la Grèce restera dans l'euro. Et en fait, elle continuera de souffrir sans avoir les moyens monétaires de son rebond. Et Merkel fixera des conditions que Sarkozy devra accepter.

— Quelles conditions ?

— Genre un traité de stabilité qui impose le retour à l'équilibre budgétaire pour tout le monde, France comprise. En fait, il s'agit du traité de Maastricht, du pacte de stabilité, qu'on réécrit sans cesse.

— Alors que tu penses qu'il faudrait plutôt réclamer des eurobonds ?

— Sarkozy ne demandera pas ça à Merkel. Il sait que, dans ce cas, c'est elle qui quitterait l'euro. Sans même menacer. Et puis, je vais te dire, c'est une connerie, cette histoire d'eurobonds.

— Pourtant, Montebourg en parle.

— Oui, il en parle. Je lui ai déjà dit ce que j'en pensais.

Je lui ai dit que le problème, c'était l'existence même de la zone euro. Mais, il est comme tout le monde. Il a la frousse. Donc, il fait comme les autres.

— Alors, pourquoi reprocher à Sarkozy de tenir la dragée haute à Merkel ? C'est du volontarisme après tout.

— Cela apparaît seulement comme tel. Mais ainsi, il se met dans la main de Merkel. Qui n'a que des avantages à voir tous les pays du sud rester dans l'euro le plus longtemps possible sans qu'elle casque trop.

— Tu préférerais quoi ?

— Qu'il laisse la Grèce sortir de l'euro. Qu'il la laisse dévaluer sa monnaie. Elle souffrirait encore, bien entendu, mais pour quelque chose, cette fois-ci.

— Mais s'il faisait ça, c'est ton parti qui l'accuserait non seulement de casser l'Europe et de laisser tomber les Grecs, mais aussi d'être au garde-à-vous devant Merkel !

— Je sais. Mais tu me demandes à moi. Pas à Titine. Alors, je te réponds. J'ajoute que, dans ces conditions, Merkel ne serait plus en position de force pour exiger un nouveau traité. »

Bruno Talanski but une gorgée de chiroubles et sourit :

« Tu dis ça à tes étudiants ?

— À quel sujet ? Titine ?

— Non. La zone euro, et tout le bien que tu en penses.

— Évidemment ! »

Bruno Talanski pensa qu'il aurait bien voulu avoir une prof d'économie aussi séduisante. Comme si elle avait deviné ses pensées, Anne-Sophie se rapprocha de lui. Il ne déclina pas l'invitation.

***

Nicolas Sarkozy acheva la lecture de la dernière note préparée par ses différents conseillers et fit quelques pas dans son bureau, avant de se fixer devant une fenêtre donnant sur le parc de l'Élysée. Au plus bas dans les enquêtes, donné largement perdant face à DSK, il cherchait toujours la fenêtre de tir lui permettant de créer la surprise et de rempiler pour cinq années supplémentaires. Il avait beau chercher, il ne la trouvait pas. Il pouvait certes profiter de cette affaire de prostituées à Lille qui pourrait éventuellement mouiller son adversaire. Elle était toute prête et il n'aurait qu'à la faire sortir par quelques journalistes au meilleur moment, afin d'éclabousser DSK. Il pourrait alors faire un discours solennel et expliquer aux Français que leur pays méritait mieux qu'un homme ayant un tel comportement. Il repensa à cet échange qu'il avait eu avec le directeur du FMI dans des toilettes lors d'un sommet international à Pittsburgh. DSK saurait vite d'où viendrait le coup et il répliquerait. Lui aussi aurait droit à toutes ses histoires de fesses sur la place publique. DSK l'avait prévenu. La justice s'intéresserait-elle à une telle affaire concernant un homme en passe de devenir chef de l'État dans les semaines suivantes ? Un non-lieu rapide n'aurait-il pas l'effet d'un boomerang ?

Le président pensa aussi aux propositions de Patrick Buisson. Faire une campagne centrée sur l'identité et sur la frontière le tentait. DSK incarnait tellement la globalisation qu'il n'aurait aucun mal à le faire passer pour le candidat des « élites mondialisées », selon l'expression célèbre de Jean-Pierre Chevènement. Jouer le peuple de France contre les élites et les corps intermédiaires, proposer un référendum sur l'immigration, remettre Schengen en cause, Buisson lui proposait du "gros rouge qui tache". Fillon, Juppé, Bachelot, Baroin en seraient blêmes. Son fidèle Guaino aussi. Il faut dire que la ficelle était un peu grosse. Marine Le Pen aurait beau jeu de lui rappeler son bilan en la matière. En matière d'immigration, et en matière de référendum. Tout dépendrait en fait de l'attitude de DSK. Si ce dernier était fidèle à lui-même et qu'il surfait simplement sur l'anti-sarkozysme ambiant, la campagne de Buisson constituerait la seule option possible. Il fallait compter également sur la dynamique de campagne de Marine Le Pen. Parfois, Nicolas Sarkozy envisageait l'hypothèse à laquelle personne ne voulait croire. Et s'il laissait ce lâche de Fillon aller au combat à sa place ? Et s'il annonçait qu'il se sacrifiait pour son camp, reconnaissant humblement que son image dans l'opinion constituait un handicap ? Voir Fillon dans la même situation que Jospin en 2002, ce serait un plaisir ! Et DSK ferait-il un mauvais président, après tout ? Plus tard, on réécrirait l'histoire à son profit et on ferait un bilan beaucoup moins sévère qu'aujourd'hui de son passage à l'Élysée. N'était-ce pas finalement la meilleure solution ? Il chassa cette pensée. Non, il avait trop envie d'en découdre. Pas forcément avec DSK et les socialistes, mais avec tous ceux qui le donnaient comme mort. Tous ceux qui l'avaient systématiquement attaqué, méprisé, calomnié. Ceux qui, quoi qu'il fasse – tout et son contraire –, critiquaient sa prise de position ou sa décision. La presse. Les fameux "observateurs". Avec eux, il avait un compte à régler.

***

Alors que Bruno venait de quitter l'appartement, Anne-Sophie réfléchissait. Quand son amant lui avait parlé de la conversation qu'il avait eue avec Éric Zemmour, elle n'en avait pas perdu une miette. Le fait que Sarkozy hésite entre une ligne Buisson et une ligne Minc-Giacometti l'avait intéressée au plus haut point. Cette concurrence entre les entourages pouvait lui servir. Certes, DSK avait déjà compris qu'il ne devrait pas être où on l'attendait. C'était même la raison pour laquelle il souhaitait l'engager. L'idéal, pour assurer la victoire de DSK, c'était de pousser Sarkozy à faire la campagne Minc-Giacometti. Le décourager de prendre l'option de Buisson, ou même une voie médiane, inspirée par Guaino. C'était sur cette piste qu'il fallait qu'elle travaille dès maintenant.

Elle ne ressentait aucune culpabilité à profiter des confidences de Bruno. Pourtant, elle était très attachée à lui et aurait de la peine s'il se lassait d'elle. Mais la politique était bien plus forte.

***

Anne Hommel venait à peine de s'installer sur une banquette du Bonaparte à Saint-Germain-des-Prés qu'elle aperçut Jean-Christophe Cambadélis et lui fit un petit signe de la main. Camba s'assit en face d'elle et ils prirent la commande. Le fidèle lieutenant de DSK ne tourna pas autour du pot. Il ne se gênait pas avec Anne Hommel, qui était entrée en politique en devenant son assistante parlementaire.

« Qu'est-ce que c'est que cette histoire de conseillère stratégique ? Le Guen est fou furieux. Moscovici déprime. Et il paraît que François et toi allez déjà à la mer avec *elle* !

— Moi, je fais ce que me dit Dominique. Il souhaitait que nous la rencontrions ; nous l'avons rencontrée. Et elle sera effectivement sa conseillère stratégique dès la primaire terminée. Il a pris sa décision. Il ne reviendra pas dessus.

— Et moi, je ne suis au courant de rien ! Mosco m'a dit qu'il le savait depuis mai !

— Moi je ne le suis que depuis juillet. On ne va pas faire un concours. Ne prends pas ombrage du fait que Mosco ait été mis au jus en premier. *Elle* s'est souvent opposée à lui en Franche-Comté. Il *la* connaît très bien.

— Je veux bien te croire. Il est venu me voir avec Le

Guen. Ils m'ont demandé si je savais. Je leur ai dit que je tombais des nues et je ne suis même pas sûr qu'ils m'aient cru. Moscovici l'a dit à Le Guen à La Rochelle. Et depuis, Le Guen a enquêté. *Elle* prône ouvertement la sortie de l'euro dans ses cours d'éco à Dauphine. À La Rochelle, *elle* a même traité d'âne un de ses potes dans un atelier sur l'harmonisation fiscale européenne. *Elle* a bossé avec Charasse, ce qui ne me dit rien de bon non plus. Qu'est-ce que c'est que cette histoire ? Il veut la sauter, c'est tout ? Rassure-moi.

— Je n'ai pas à te rassurer ou pas. Mais elle n'est là que dans un but politique. Quand il parle d'*elle*, il en parle comme d'un mec. Un mec pour lequel il aurait beaucoup d'admiration, en plus. *Surdouée*, dit-il.

— Alors Le Guen et Mosco ont raison. *Elle* est vraiment dangereuse.

— Écoute. Nous l'avons vue avec François. *Elle* est surtout très intelligente. Et moi, je ne vois pas d'inconvénient à ce que Dominique s'appuie sur des gens intelligents. Et depuis mai, justement, je sens que Dominique est complètement concentré sur son objectif. Il se disperse moins. Tu vois ce que je veux dire…

— Et tu penses qu'*elle* y est pour quelque chose ?

— Je ne dis pas ça. Je souligne le hasard. C'est tout.

— Bon, admettons qu'il souhaite élargir son spectre en engageant une fille qui prône "l'autre politique" et qui lui apprenne à parler aux électeurs de gauche nonistes.

Je n'y vois pas d'inconvénient, au contraire. Mais là, il s'agit de la nommer conseillère stratégique. Il la met au centre du dispositif. Et la stratégie, c'est plutôt ma spécialité.

— En fait, tu n'es pas venu me parler d'*elle*. Tu es venu me parler de toi !

— Arrête les conneries, Anne. Tu vois très bien ce que je veux dire. La stratégie politique, c'est du sérieux. La com', c'est du sérieux. Tu es quand même bien placée pour le savoir. Donner un tel rôle à une inconnue aux positions iconoclastes, c'est prendre un gros risque.

— Mais le risque, ce n'est pas toi qui le prends. C'est Dominique. C'est à toi d'arrêter les conneries, Jean-Christophe. Il a sa campagne dans la tête. Il choisit son équipe. Et il ne changera pas d'avis. Alors toi, tu vas mettre ton *ego* dans ta poche. Ne te fais pas de souci, tu auras un rôle dans la campagne et tu auras le PS s'il est élu. Quant à Le Guen, je sais très bien qu'il est fou furieux et qu'il bave déjà partout, y compris auprès de journalistes. Alors si tu as l'occasion de lui parler, dis-lui d'arrêter ça tout de suite. C'est pour lui que je dis ça. Si Dominique apprend qu'il s'est épanché auprès de journalistes, il sera écarté de la campagne. Et il sera fini. Hors-jeu. Comme ce pauvre Hollande dans deux mois. »

Trente secondes de silence suivirent la mise en garde d'Anne Hommel. Cambadélis but son café, fixa son interlocutrice et laissa tomber :

« Personne n'est indispensable, j'ai compris. Et cela concerne aussi bien Le Guen, Moscovici que moi. Mais ça concerne Myotte aussi.

— Et moi… Mais c'est à Dominique d'en juger.

— Et Anne ? Elle est au jus ?

— Depuis hier soir. Dominique m'avait demandé de venir puisque nous avons rencontré Myotte à La Rochelle. Il voulait que je donne mon ressenti à Anne.

— Elle l'a pris comment ?

— Elle a paru ouverte. À mon avis, elle attend pour voir. »

Cambadélis termina son café, posa un billet sur la table, se leva et prit congé.

« Je te laisse. Je dois passer à Solfé. Et je vais essayer de calmer Le Guen.

— Je te fais confiance. Passe une bonne journée, Jean-Christophe. »

***

Assise sur le canapé de Bruno, Anne-Sophie Myotte regardait le débat, organisé par France 2, entre les candidats à la primaire, planifiée par le parti socialiste. La veille, son amant lui avait pour la première fois confié la clef de son appartement à Maisons-Alfort. Elle avait reçu, peu avant le début de l'émission, un texto de Bruno, qui lui indiquait qu'il serait sans doute en retard, une réunion à l'Élysée ayant été organisée à la dernière minute. À l'aise,

DSK câlinait Arnaud Montebourg, faisait preuve d'une grande prévenance pour Ségolène Royal et avait déjà dégainé deux "scuds" en direction de François Hollande. Le député bressan marquait également des points, même si, parfois, l'attitude de DSK à son égard, sans le déstabiliser vraiment, avait provoqué chez lui quelques petites manifestations d'étonnement, que seuls ses proches étaient capables de constater.

C'est au moment où Jean-Michel Baylet expliquait sa volonté de dépénaliser l'usage du cannabis qu'Anne-Sophie entendit son amant arriver. Il posa sur la table basse les sushis achetés quelques minutes auparavant dans un restaurant japonais de la ville, où il avait ses habitudes. Constatant que sa maîtresse était absorbée par le débat, il se contenta de lui déposer un léger baiser sur les lèvres, et demeura silencieux. Il retira sa veste, ses chaussures, dénoua sa cravate et s'affala sur un vieux fauteuil, perpendiculairement au canapé sur lequel Anne-Sophie était assise en tailleur. C'est elle qui, la première, déballa les sushis tout en ne perdant aucune miette des échanges télévisés.

Bruno n'avait guère faim, exténué par une réunion stressante au Château, où Guaino s'était écharpé avec Patrick Buisson. Le conseiller spécial, comme souvent, s'était fâché après une outrance du conseiller occulte, à propos d'un sondage qu'il qualifiait de sans intérêt, et avait fait subir aux participants de la réunion une diatribe d'une dizaine de minutes sur la démocratie, la République, menacées par les faiseurs d'opinion et autres cartomanciennes. Il en avait appelé à de Gaulle, Clemenceau et Mendès-France, menaçant de quitter la réunion si on ne l'écoutait pas – alors qu'on ne faisait que ça depuis quelques minutes interminables – et n'avait pas pu s'empêcher de gratifier certaines personnalités de la majorité de noms d'oiseaux de toutes les couleurs, le Premier ministre constituant une cible privilégiée. Patrick Buisson avait réussi à calmer le jeu en saisissant la balle Fillon au bond et donnant raison à Guaino sur les risques qu'encourait Nicolas Sarkozy à accorder la moindre importance aux avis de l'hôte de Matignon. Le secrétaire général adjoint, tout heureux de constater qu'il n'aurait pas à expliquer à Nicolas Sarkozy que la réunion avait abouti à un *clash* entre deux pièces essentielles de son dispositif, avait pu alors relancer les travaux, à la grande satisfaction des autres participants.

Lors de cette réunion, il avait été aussi question de DSK et de la stratégie qu'il convenait d'adopter face à la posture "d'homme compétent" que ce dernier semblait privilégier. Le débat du soir confirmait cette impression, l'ex-directeur du FMI dévoilant très peu ses cartes et réagissant plutôt aux propositions de ses concurrents, distribuant des points aux uns et des piques à l'autre – c'est-à-dire au député de Corrèze. Bruno se demandait si l'ex-directeur du FMI pourrait longtemps conserver cette position attentiste, surfant sur des sondages qui le disaient déjà élu dans un fauteuil. À un moment, la compétence supposée de DSK, ainsi que son aura internationale, ne suffiraient plus à étancher la soif des électeurs.

Nicolas Sarkozy étant le sortant, il serait le dernier à annoncer sa candidature et les orientations idéologiques prises par son principal adversaire détermineraient pour une bonne part sa stratégie de campagne. Buisson pariait que DSK adopterait les préconisations du "think tank" Terra Nova, contre lesquelles une campagne très à droite axée sur l'identité et la frontière, celle qu'il voulait vendre au président, constituerait l'arme fatale. Terra Nova, qui était aussi à l'origine de l'organisation de la primaire ouverte du PS, suggérait depuis quelques années que les ouvriers et les employés étaient définitivement perdus par la gauche, et qu'il fallait donc en tenir compte en agrégeant des électorats multiples, s'appuyant, pour schématiser, sur une "coalition" de la "France de demain", c'est-à-dire les jeunes, les femmes et les « minorités issues des quartiers sensibles », comme il aimait les désigner. Selon Buisson, tout indiquait en effet que le futur candidat socialiste s'appuierait sur ces travaux, et là résidait la seule chance de Nicolas Sarkozy de se maintenir à l'Élysée, déjouant tous les pronostics.

Le débat terminé, les deux amants s'adressèrent enfin la parole. Comme d'habitude, Anne-Sophie réussit à extorquer une bonne partie du contenu de la réunion à laquelle Bruno avait participé à l'Élysée. La facilité de

Talanski à confier des données essentielles de la future feuille de route du président sortant n'avait d'égale que sa passion fougueuse pour sa maîtresse, passion qu'il ne tarda d'ailleurs pas à manifester, sur le vieux canapé qui avait longtemps pris place dans le pavillon de ses parents à Avion, dans le Pas-de-Calais.

***

Assise sur le lit qu'elle occupait avec Bruno, qui dormait profondément à côté d'elle, Anne-Sophie réfléchissait. Elle consulta ses textos, dont la plupart lui avait été envoyés par les membres de l'équipe de Montebourg. La satisfaction régnait dans le camp du "candidat de la démondialisation" qui, aux dires de la plupart des éditorialistes mêmes les plus rétifs à son discours, sortait vainqueur du débat de la veille. Certains de ses amis, parmi les plus optimistes, envisageaient un duel avec DSK au second tour de la primaire. Anne-Sophie devait considérer cette hypothèse qui ne l'arrangeait pas. *Primo*, cela obligerait DSK à se démarquer un peu trop des idées de Montebourg alors que son intention à elle était de les lui faire adopter. *Secundo*, elle se rendait bien compte qu'elle était pressée de se mettre au service de la campagne de DSK.

Son premier travail serait d'écarter toute tentation de s'en remettre aux solutions de Terra Nova. Comme Bruno le lui avait confirmé, Sarkozy et Buisson n'attendaient que ça pour aller disputer les ouvriers et les employés à Marine

Le Pen, laissant la gauche absente dans l'électorat populaire. Si DSK l'avait recrutée dans ce dessein, il était impossible de faire l'impasse sur l'écosystème idéologique dans lequel vivait le candidat. Le programme du parti socialiste était lui-même imprégné de la stratégie de Terra Nova, de ses idées et de ses propositions. Tout le défi résidait dans la capacité d'Anne-Sophie à inspirer une autre stratégie, tout en n'éliminant pas toutes les propositions, afin de ne pas mettre le feu à Solférino. Dans ce but, elle comptait énormément sur les intellectuels du Collectif pour une gauche populaire, parmi lesquels Laurent Bouvet et Philippe Guibert. La rencontre avec DSK, organisée par François Kalfon, devrait être fixée dès la semaine de la désignation, le lundi si possible. Il ne fallait pas perdre de temps et veiller également à la nomination de porte-parole le moins possible imprégnés par la stratégie de Terra Nova. Enfin, il fallait convaincre DSK d'écarter tout ce qui pourrait parasiter sa campagne.

Anne-Sophie répondit à quelques textos. Elle jeta un regard sur le dos musclé de son amant, reposa son portable sur sa table de chevet, se glissa sous le drap et sentit le sommeil reprendre possession d'elle.

***

Détesté par la vieille garde du Front national, Florian Philippot se sentait malgré tout chez lui à chaque fois qu'il passait la porte du Carré, siège du parti à Nanterre. Il faut dire qu'il était devenu le principal conseiller de Marine Le Pen en quelques mois. Alors qu'il apparaissait encore il y a trois semaines devant la presse sous le pseudonyme d'Adrien, sa désignation, sous sa véritable identité, comme directeur stratégique de la campagne de la candidate, était pour aujourd'hui. Cet énarque, en poste à l'inspection générale de l'administration, avait eu un parcours complètement différent des cadres habituels du parti frontiste. En 1999, il avait voté Pasqua-Villiers aux européennes, puis avait rejoint le comité HEC des partisans de Jean-Pierre Chevènement pour l'élection présidentielle de 2002, sans qu'on sache vraiment quelle avait été la véritable contribution dudit comité à la campagne. Du reste, les anciens dirigeants et les permanents du Pôle républicain n'avaient aucune idée de son existence. Ils allaient bientôt le découvrir. Les propositions de rencontres avec la presse affluaient au Carré. On voulait publier son portrait, faire connaître au grand public une nouvelle tête. Il ne se gênerait pas pour faire état de son parcours, ce qui déstabiliserait ceux qu'il dirait avoir naguère fréquentés, autant que cela irriterait ceux qu'il croisait maintenant dans les couloirs du siège du FN.

Depuis deux ans, il avait lié avec Marine Le Pen une relation politique de confiance. Il avait réussi à formaliser, intellectuellement et de manière programmatique, tout ce qu'elle laissait entendre dans son livre *À contre flots*, paru en 2006, à une époque où elle n'était pas encore sûre de prendre la tête de la boutique familiale. En pointillé, on pouvait déjà y lire son inventaire du lepénisme et ses convictions, dont le souverainisme était le cœur, avec des réflexes économiques complètement différents de ceux de son père. Ces deux-là s'étaient rencontrés pour la première fois en 2009 par l'entremise du souverainiste Paul-Marie Coûteaux, passé autrefois chez Chevènement, Boutros-Ghali et Séguin. À l'époque, il animait anonymement avec son frère Damien un blog, « Le vrai débat », dont l'efficacité dans la critique des institutions européennes n'avait pas échappé au site internet de *Marianne*, qui le reprenait régulièrement.

Après tous ces mois où il travaillait dans le parfait anonymat, il allait prendre la lumière. Car il en avait soif. Marine Le Pen ne le découragerait pas dans cette quête de notoriété. Philippot n'était pas seulement un stratège d'envergure, il allait aussi constituer à lui seul une nouvelle vitrine. Il susciterait alors la détestation commune de Jean-Marie Le Pen et de tous les anti-lepénistes médiatiques, ce qui ne manquerait pas de flatter son *ego*, qui n'était pas sous-dimensionné. Dans une semaine – ou deux si un second tour était nécessaire – les socialistes auraient leur candidat. La campagne débuterait vraiment et il en serait une pièce essentielle. Qui l'aurait cru deux ans auparavant ? Personne. Pas même lui.

***

Bruno Talanski ne trouva pas Anne-Sophie lorsqu'il arriva dans son appartement en ce dimanche soir. Ils avaient passé tous les deux le week-end dans leurs terres respectives, lui dans le Pas-de-Calais, elle en Franche-Comté. Dans le train, un texto lui avait annoncé la présence de Jean-Louis Borloo au JT de TF1. Peu après avoir pressé le doigt sur la télécommande, il découvrit le visage du ministre, qu'il connaissait pour l'avoir souvent croisé dans le Nord. Ce dernier allait-il annoncer sa candidature ? Bruno était partagé quant à l'intérêt pour ses patrons de la présence ou non de Borloo sur la ligne de départ de la présidentielle. D'un côté, le trop-plein au centre – Bayrou, Borloo, et même DSK, d'une certaine façon – obligerait Nicolas Sarkozy à trouver de l'espace politique là où Patrick Buisson voulait l'emmener, à droite toute. De l'autre, la personnalité originale de l'élu valenciennois pouvait mordre sur une large partie de l'électorat droitier, lassé par celle du président. Le danger d'un duel DSK-Marine Le Pen, celui d'un 21 avril à l'envers, ne serait ainsi pas écarté. Tous les sondages que Bruno ingurgitait ne lui donnaient aucune réponse. Ils ne prévoyaient ni la dynamique des campagnes, ni l'alchimie des rencontres entre candidats et électeurs, encore moins les événements imprévus qui jalonnaient une compétition électorale, à l'heure des chaînes d'info continue et de Twitter.

Son portable vibra, annonçant l'arrivée d'un message de sa "ComtesseAlexandra". Anne-Sophie ne viendrait pas ce soir. Elle ne prendrait le train pour Paris que le lendemain matin. Elle attendait impatiemment l'ouverture de la ligne TGV – prévue pour décembre – qui la mettrait enfin à deux heures trente de la capitale, via Besançon et Dijon. En attendant, les habitants du nord de la Franche-Comté devaient se contenter d'une ligne plus lente et à des fréquences moins nombreuses. Le combat de Jean-Pierre Chevènement pour l'ouverture de cette ligne à grande vitesse avait été décisif, notamment lorsqu'il était ministre de l'Intérieur.

Alors que Bruno posait son téléphone sur la table basse, Jean-Louis Borloo répondit enfin à la question posée par Claire Chazal : non, il ne serait pas candidat. La crise provoquant peur et désarroi, nourrissant les extrêmes, il ne pouvait pas, expliqua-t-il, prendre le risque de desservir son camp. Bruno envoya immédiatement un texto à Éric Zemmour, le félicitant d'avoir parié avec lui que Borloo calerait, comme d'habitude, puis il appela Anne-Sophie. Elle répondit après deux sonneries.

« Alors, tu es content ! L'espace est dégagé pour Sarkozy.

— Pas sûr que cela arrange mon boss. On se voit quand ?

— Demain soir, si tu veux. Chez toi ou chez moi ?

— Plutôt chez toi, j'ai une réunion pas loin. Tu votes où, dimanche prochain ?

— À Montbéliard. Je voterai tôt, et je reviens immédiatement à Paris. Je veux attendre les résultats avec les copains. On a une petite fiesta à la Bellevilloise après. J'espère qu'elle sera joyeuse.

— Ton poulain a fait la meilleure campagne. Il a imposé un thème : "la démondialisation". Vous pouvez être fiers. Ce n'est pas si courant d'imposer un thème.

— Pas faux.

— À demain, alors.

— À demain. »

Bruno travailla beaucoup ce soir-là, et mangea peu, comme souvent le dimanche soir lorsqu'il était seul. Vers une heure du matin, il s'endormit enfin, alors que ses pensées sautaient de sondages en études "quali" en passant par l'image des cuisses d'Anne-Sophie.

***

La dernière confrontation prévue entre les candidats à la "primaire citoyenne", réalisée par iTÉLÉ, n'avait fait que confirmer les impressions des deux premières : un favori se dévoilant le moins possible, et ses concurrents aux prestations inégales. C'est François Hollande qui avait été le plus offensif, employant plus que jamais son thème de "présidence normale" et dessinant en filigrane une continuité entre Nicolas Sarkozy et DSK.

Arrivant à Paris dans l'après-midi, après avoir voté à Montbéliard dès l'ouverture du bureau de vote, Anne-Sophie avait déposé ses bagages à son appartement puis s'était rendue à La Bellevilloise où se réunissaient tous les partisans d'Arnaud Montebourg. Quand les premiers résultats arrivèrent des départements les moins peuplés, ils confirmèrent les impressions recueillies sur le terrain pendant toute cette journée. Le candidat de la démondialisation serait haut, très haut, en tout cas beaucoup plus que ce qui avait été annoncé par les sondages et les éditorialistes. À mesure qu'on additionnait les résultats des fédérations, la tendance se confirmait : Montebourg faisait jeu égal avec Hollande, loin, très loin derrière DSK.

Ce dernier avait choisi, quant à lui, d'attendre les résultats chez lui et avait prévu de se rendre au siège du PS juste après l'annonce officielle des résultats. Peu après vingt-deux heures, alors que 90 % des chiffres étaient parvenus à la Bellevilloise, on vit des dizaines d'équipes télé et radio affluer. DSK tutoyait la majorité absolue mais n'était pas encore assuré de l'obtenir. Et Montebourg occupait la seconde place, dépassant François Hollande à la surprise générale.

Anne-Sophie tentait de ne pas penser à ce que signifiait pour elle la confrontation qui se dessinait alors. Quelques dizaines de minutes plus tard, c'est Martine Aubry qui annonça, depuis la cour de Solférino, les résultats définitifs. Sur les deux millions huit cent mille participants à la première primaire présidentielle du genre, 52,9 % avaient désigné Dominique Strauss-Kahn comme candidat. Avec 18,9 %, Arnaud Montebourg devançait François Hollande, scotché à 17,6. Ségolène Royal obtenait 9,4 % des suffrages et Jean-Michel Baylet fermait la marche avec 1,2. Un second tour n'était donc pas nécessaire.

Quand Arnaud Montebourg arriva au bras de sa compagne Audrey Pulvar, les caméras se ruèrent autour de celui qui avait créé la véritable surprise de la primaire. Alors qu'un mouvement de foule inexorable emportait le couple, et que ce dernier passait à proximité d'elle, Anne-Sophie parvint à attraper la main de la journaliste et à l'attirer vers elle, laissant le dauphin de DSK continuer son chemin vers les tréteaux sur lesquels il allait bientôt s'exprimer. Consciente du service que la militante lui rendait, en ne se retrouvant pas sous les projecteurs avec son candidat de compagnon, Audrey Pulvar remercia Anne-Sophie. Elle serait ainsi plutôt épargnée par les confrères dont beaucoup n'auraient pas manqué de souligner l'affichage d'une chroniqueuse du service public de télévision en train de fêter le score d'un candidat à la primaire socialiste. Depuis qu'elle avait repris le fauteuil d'Éric Naulleau dans le *talk-show* du samedi soir présenté par Laurent Ruquier, elle était plus exposée que jamais. À la critique, et aux jalousies.

Arnaud Montebourg fut le premier des candidats à prendre la parole. Il fut éloquent, comme à son habitude, soulignant la force des idées qu'il avait développées. Toutefois, il ne put s'empêcher de reprendre à son compte la formule, usée jusqu'à la corde, selon laquelle « plus rien ne sera[it] jamais comme avant ».

Ségolène Royal parvint difficilement, quelques minutes plus tard, à dissimuler sa grande tristesse. Jusqu'au bout, elle avait cru pouvoir demeurer présente contre DSK et être en mesure de fédérer les voix de Montebourg et de son ex-compagnon Hollande, dans un second tour qu'elle pensait très ouvert. Comme l'avait constaté Anne-Sophie pendant toute la campagne, Ségo n'avait pas réussi à convaincre ceux qui l'appréciaient de participer à une primaire qui, bien que mobilisant près de trois millions d'électeurs, n'avait pas attiré les catégories les plus populaires du pays. À l'image de l'électorat de base du PS, cette mobilisation avait été très urbaine et CSP+[2].

François Hollande préféra demeurer silencieux. Réuni avec ses amis dans une Maison de l'Amérique latine très vite désertée par les médias, son intervention n'était d'ailleurs pas attendue. Enfin, Dominique Strauss-Kahn arriva vers minuit au siège du parti socialiste, à pied, main dans la main avec Anne Sinclair. Accueilli au milieu d'une forêt de caméras du monde entier, il embrassa Martine Aubry. Peu après, il fit un discours bref, remerciant tous ceux qui avaient participé à « cet élan démocratique » qui lui « permettait, dès demain, de partir à la rencontre de tous les Français ». Demain, il prendrait en effet ses quartiers dans son nouveau siège de campagne, rue de Miromesnil. Anne-Sophie reçut peu après un texto d'Anne Hommel, qui lui transmettait un message de DSK. Elle avait rendez-vous le lendemain matin pour un petit déjeuner de

2- Sigle désignant les catégories socio-professionnelles favorisées.

travail à cette adresse. À cette heure, elle était officiellement devenue La Conseillère.

Chapitre IV

Dominique Strauss-Kahn faisait honneur au copieux petit déjeuner installé dans la salle de réunion de son tout nouveau siège de campagne. Autour de la table, Pierre Moscovici, Anne Hommel, Jean-Christophe Cambadélis, Gilles Finchelstein et Anne-Sophie Myotte l'accompagnaient. DSK monopolisait la parole. Il avait rapidement présenté Anne-Sophie à Camba et Finchelstein. En arrivant, DSK avait désigné à sa toute nouvelle conseillère la pièce dans laquelle elle travaillerait. Plutôt petite, mais qui communiquait directement avec le bureau du candidat socialiste. Pierre Moscovici, directeur de campagne, avait un plus grand bureau, mais il était à peine plus éloigné. DSK demanda à Mosco où en était le recrutement de toutes les petites mains qui travailleraient au siège de campagne. Ce dernier lui fit un rapport complet, en deux parties et autant de sous-parties par partie, en bon énarque. DSK distribua ensuite la parole à Finchelstein qui évoqua les dernières études qualitatives commandées à deux instituts de sondage différents.

Anne Hommel fit un point rapide sur la presse du matin et les réactions à la victoire de DSK au premier tour de la primaire. DSK fit remarquer que cette unanimité à saluer un triomphe n'était pas positive dans la mesure où il apparaîtrait d'autant plus comme le candidat des médias et des élites. Finchelstein approuva. Cambadélis prit la parole. Il évoqua les rapports de force créés par la primaire et interrogea DSK sur le sort de François Hollande. Strauss-Kahn fut impitoyable : « Je l'avais prévenu. Sa candidature n'apportait rien de plus que la mienne. Il n'a fait que m'attaquer sur ma personnalité. Je n'en veux pas dans la campagne. Ni après. Invitez-le à mon meeting corrézien. Pour le reste, il peut aller relire *L'Histoire pour les nuls* sur son pédalo. »

DSK interrogea ensuite Cambadélis sur l'avancement des discussions avec Europe Écologie Les Verts. Ces derniers avaient obtenu un groupe au Sénat par la grâce de Martine Aubry. Il avait fallu ensuite forcer la main de l'ancienne ministre des Affaires sociales. Lui tordre le bras, afin de l'empêcher de d'assurer un groupe à l'Assemblée nationale grâce à des investitures beaucoup trop généreuses. DSK intervint :

« Martine a craqué ?

— Oui, elle a compris que tu ne transigerais pas. Mais elle continue de dire que tu fais une connerie.

— Une connerie ! Elle pense quoi ? Que Joly va faire un score tel que les candidatures écologistes m'empêcheront d'avoir la majorité après une victoire à la présidentielle ? Joly finira à 3. La plupart des gens ne comprennent rien à ce qu'elle raconte. Et ceux qui comprennent, c'est encore pire.

— Bref, la décision a été prise de se revoir la semaine après le premier tour. Placé a plastronné, en expliquant qu'à ce moment-là, leurs exigences seraient sans doute plus élevées. »

Strauss-Kahn éclata de rire et coupa :

« Il se prend pour Spaggiari, celui-là. Il voulait faire le casse du siècle. Pas de bol, je ne laisse pas faire. Sa tête ne passait déjà plus les portes. Maintenant qu'il est président de groupe au Sénat, elle ne passe plus sous l'Arc de triomphe. Lui et Duflot ont voulu jouer. Ils ont déjà perdu. Hulot les aurait gênés car il aurait fait un bon score, ce qui aurait réduit leur pouvoir. Mais seul un tel score aurait justifié un groupe à l'Assemblée. Joly ne les gênera pas. Et ils auraient voulu avoir le groupe quand même. Le beurre, l'argent du beurre, et le cul de la crémière ! »

Mosco demanda :

« Tu leur donneras quoi si elle fait le score que tu penses ?

— Je leur proposerai un poste de ministre et des investitures en or pour cinq d'entre eux, dont Duflot. Elle est tellement perso qu'elle cèdera. Pour le reste, elle pourra maintenir des candidatures vertes dans pas mal de circos, je m'en fiche : les législatives seront un décalque de la présidentielle. »

DSK se tourna vers Anne-Sophie :

« Anne-Sophie, expliquez à nos amis quelle première mission je vous ai donnée.

— Avec François Kalfon, nous avons organisé une réunion avec quelques intellectuels sur lesquels nous voulons nous appuyer pour la campagne. Il s'agit de Philippe Guibert, Laurent Bouvet et Denis Maillard. La rencontre aura lieu demain après-midi ici même. Il faudra aussi rencontrer le géographe Christophe Guilluy. »

Pierre Moscovici et Jean-Christophe Cambadélis comprirent alors la raison de l'absence d'Olivier Ferrand à ce petit déjeuner. DSK avait décidé de "black-outer" Terra Nova et de s'appuyer sur ses plus grands détracteurs.

***

Dominique Strauss-Kahn avait demandé à Anne-Sophie, sitôt la réunion terminée, de l'accompagner dans son bureau.

« Aujourd'hui, comme à chaque réunion de ce type, nous ferons un point avant et après. Ce sera notre fonctionnement. Assurez-vous que tout ce que nous avons dit sera bien mis en œuvre. Et rendez-moi compte. »

Anne-Sophie était extrêmement étonnée d'avoir un tel rôle dès le début de la campagne, sans même avoir fait ses preuves. Elle se contenta d'approuver de la tête sans manifester le moindre sentiment d'étonnement. DSK reprit :

« Il faut que vous me trouviez un événement pour la fin de la semaine. Avez-vous déjà une idée ?

— Je pense qu'il faut dès maintenant manifester publiquement le fait que vous voulez associer Ségolène Royal à votre campagne. »

Anne-Sophie savait que DSK n'avait pas une grande estime pour la présidente de la région Poitou-Charentes. Mais dans les plans qu'elle avait préparés, Ségolène Royal avait un rôle particulier à tenir. Le candidat l'interrogea :

« Royal ? Vous m'étonnez déjà, Anne-Sophie. Expliquez-vous.

— Demain, vous verrez un géographe qui s'appelle Christophe Guilluy. Il travaille sur les fractures géographiques françaises. Ségolène Royal a parfaitement compris tous ces mouvements de fond de la société. C'est une excellente sociologue politique. Et, qu'on le veuille ou non, elle a une expérience en matière de campagne présidentielle que vous n'avez pas. Elle a réfléchi à son échec de 2007. La primaire ne l'avantageait pas. Les sympathisants de gauche qui l'apprécient, dans la France des petites villes, n'y ont pas participé. Cela ne signifie pas qu'elle n'a pas une grande audience dans l'électorat de gauche.

— Continuez...

— De plus, elle ne s'attend pas à ce que vous fassiez un geste aussi tôt dans la campagne. En fait, personne ne s'y attend. Une grande partie de la presse la méprise et pense que vous êtes dans le même état d'esprit. Il faut prendre tout le monde par surprise.

— OK. Comment voulez-vous procéder ?

— Vous aimez les huîtres ?

— …

— Nous allons organiser une rencontre à Marennes, dans sa région. Le maire de Marennes est un de mes amis, il est proche de Royal. Je vais organiser ça avec lui. Ce sera votre premier déplacement.

— C'est mon premier déplacement, et vous me proposez une rencontre avec quelqu'un qui est connu pour être plutôt incontrôlable. Elle peut me bousiller mon début de campagne. Vous me faites prendre un risque, Anne-Sophie.

— Oui. Vous en prendrez d'autres, non ? »

DSK sourit.

« Je ne vous ai pas choisie pour m'ennuyer. Vous avez les clefs. Je vous fais confiance. Organisez-moi ça. »

***

Bruno Talanski se demandait bien pourquoi Anne-Sophie n'avait plus une minute à lui accorder depuis quelques jours. Elle disait avoir beaucoup de travail avec ses étudiants, n'était plus libre en soirée. Elle ne répondait plus aussi vite à ses textos. Commençait-elle à se lasser de lui ? Un autre homme était-il entré dans sa vie ? Pendant tout le mois de septembre, il avait pourtant remarqué une plus grande disponibilité du côté de son amante. Au contraire de lui, qui avait le nez dans le guidon toute la journée, organisant des études qualitatives pour le compte de Patrick Buisson. Mine de rien, cette situation le faisait souffrir. Son copain Zemmour lui répétait souvent l'adage d'Oscar Wilde selon lequel, dans un couple, il y en a un qui souffre et l'autre qui s'ennuie. Il était bien parti pour être celui qui souffre.

De son côté, Anne-Sophie voyait que son amant commençait à s'interroger. Mais elle ne pouvait pas lui révéler qu'elle était désormais la principale conseillère de DSK. D'abord, parce qu'il ne comprendrait pas qu'elle puisse se mettre au service d'un tel personnage ; au niveau des relations de ce dernier avec les femmes, mais surtout du point de vue des convictions. Ensuite – et c'était la raison la moins avouable – parce qu'elle comptait bien bénéficier encore des confidences de son bavard amoureux. Certes, elle connaissait déjà la ligne que Buisson souhaitait imposer à Nicolas Sarkozy et elle avait déjà prévu son plan en conséquence. Mais avoir des informations en temps réel sur les réactions du camp d'en face n'était pas inutile. Elle se découvrait cynique, manipulatrice. Et elle s'en voulait. Parce qu'elle était réellement attachée à Bruno. Elle le trouvait talentueux, beau, viril. Elle n'avait pas envie de le perdre. Et pourtant, elle savait qu'il découvrirait tôt ou tard son mensonge. Qu'il comprendrait qu'il avait été manipulé. Et qu'elle devrait alors faire une croix sur son

AmantDeDroite. Elle cherchait à se déculpabiliser en mobilisant son patriotisme, ses convictions. Elle était désormais en position d'influer sur la campagne et donc les engagements de celui qui était présenté comme le favori de l'élection présidentielle. Enfin, après avoir morigéné pendant des années dans les minorités successives du PS, elle pouvait décider. Peut-être, si tout allait bien, irait-elle ensuite accompagner le président à l'Élysée. Ambitieuse, elle l'était, assurément.

Elle eut une pensée pour Henri Guaino. Ne passait-il pas pour un traître auprès de ses amis souverainistes, de l'autre côté de la rive républicaine ? Beaucoup d'entre eux l'avaient montré du doigt en expliquant qu'il était allé à la soupe, qu'il avait contribué à donner une autre image de Nicolas Sarkozy en 2007. On ne pouvait être élu avec un discours libéral, atlantiste et communautariste, lui avait-il expliqué. Il y avait eu ce premier discours à Nîmes en 2006 où Nicolas Sarkozy avait tenu un discours véritablement séguinien. Il y avait eu ensuite Agen, puis, enfin, le fameux meeting d'investiture de la Porte de Versailles en janvier 2007. Celui à partir duquel le candidat de l'UMP avait dépassé la candidate socialiste. Il ne fut plus jamais rattrapé. À vrai dire, elle avait pensé elle aussi que Guaino trahissait ses idéaux. Avaler le traité de Lisbonne quand on avait dit non au TCE[3], quand même ! Guaino avait un côté fêlé qu'elle n'avait pas. Alors que Nicolas Sarkozy avait trahi cyniquement les Français en

3- Traité constitutionnel européen.

annulant leur vote, Guaino continuait de clamer que le texte n'était pas le même, que le candidat avait promis un mini-traité pendant la campagne électorale et que les Français avaient voté en toute connaissance de cause. Mais le traité de Lisbonne n'avait évidemment rien à voir avec le mini-traité promis, qui devait « réconcilier la France du oui avec celle du non ». C'était le même texte que la constitution européenne. De toute manière, les Allemands n'en voulaient pas d'autre. Guaino se bouchait les yeux et était sans doute parvenu à croire lui-même au mensonge, s'accrochant au seul fait que le mot "constitution" ne figurait pas dans l'intitulé du traité.

Alors oui, il y avait de quoi être en colère. Mais avec le recul, Anne-Sophie avait adouci sa rancune. Après tout, Guaino avait eu un rôle essentiel pendant la crise. Il avait sans doute évité la catastrophe. Pendant que le Premier ministre et bien d'autres n'avaient l'œil rivé que sur la dette et le déficit, Sarkozy avait eu sans doute le bon réflexe en laissant filer ces derniers. Et ce con de Moscovici qui allait de studios en plateaux, répéter à l'envi que Sarkozy était l'homme de la dette. Aussi bête que Fillon, pensait-elle. Heureusement qu'il avait fait cela sous l'influence de Guaino. Si on avait écouté ces médecins de Molière, la France aurait été vidée de son sang. Finalement, le conseiller spécial avait été utile.

Anne-Sophie se voyait bien dans ce rôle-là. Peut-être travaillerait-elle pour le roi de Prusse, à la manière de

Guaino, mais les ruses de l'histoire avaient démontré que, même dans ces conditions, on pouvait être utile à son pays. Ambitieuse, donc, elle l'était. Elle n'était pas fêlée, elle ne croirait pas à ses mensonges. Mais elle voulait prendre le risque. Après tout, si DSK disait en prendre en lui donnant les clefs de sa campagne, il n'était pas illégitime qu'elle en prenne un aussi. Perdre son amant, passer pour une manipulatrice, une cynique, une femme dénuée de conviction pour s'installer dans les ors de la République. De tout cela, elle était consciente. Mais elle avait décidé d'y aller quand même. Elle pensa à son père qui lui avait toujours dit que le jour et l'heure de sa naissance étaient un signe des étoiles. Elle pensa au "Gaulois" Patrick Revelli, en peignoir sur le stade Bonal enneigé au moment même où elle poussait ses premiers cris. Elle revit l'image de son père, reposant avec sa mère dans un cimetière franc-comtois. Ses yeux s'humidifièrent et elle se convainquit qu'elle faisait le bon choix.

***

Bruno était un peu rassuré. Sa maîtresse dormait à côté de lui et, quelques heures plus tôt, leurs retrouvailles charnelles avaient gommé chez lui la suspicion d'une autre présence masculine dans la vie d'Anne-Sophie. Elle avait besoin d'argent et elle avait accepté de donner davantage de cours. Voilà ce qu'elle lui avait répondu lorsqu'il l'avait interrogée sur son nouvel emploi du temps. Il l'avait crue.

Ils avaient eu ensuite une grande discussion politique. Elle était toujours aussi intéressée par ce sujet. La fin de la campagne de Montebourg devait énormément la frustrer. Peut-être aurait-elle un rôle si ce dernier devenait ministre à la faveur d'une victoire de DSK, un rôle de conseillère. Mais en attendant, elle était hors-jeu politiquement. Il comprenait alors sa soif de discussion. Elle était tellement férue de stratégie politique. La discussion de la veille avait été passionnante. Il était quatre heures et Bruno se rendormit sur cette dernière pensée.

***

Une nuée de journalistes, de caméras et de perches entouraient Dominique Strauss-Kahn, Ségolène et le jeune maire socialiste de Marennes-Oléron sur le port ostréicole de la ville. Mickaël Vallet, élu socialiste atypique, avait organisé l'événement avec enthousiasme en relation avec Anne-Sophie, amie de longue date, avec laquelle il partageait depuis des années nombre d'analyses politiques et économiques. D'abord surpris de voir sa vieille copine faire partie de l'équipe de DSK, il avait fait le lien avec Ségolène Royal, avec laquelle il entretenait d'excellentes relations.

Anne-Sophie était du voyage. Elle se tenait en retrait, accompagnée d'Anne Hommel, qui avait géré l'opération vis-à-vis de la presse. Pour la nouvelle conseillère stratégique de DSK, cet événement comportait un triple avantage. L'association rapide de Royal, dont elle avait convaincu le candidat quelques jours plus tôt, était bien entendu au premier rang. Mais cette visite dans la petite et symbolique cité ostréicole collait aussi excellemment avec ce qui était ressorti de la réunion organisée le mardi précédent avec Laurent Bouvet, Philippe Guibert et Denis Maillard, mais surtout lors de l'entretien du lendemain avec Christophe Guilluy. DSK apparaissait comme le candidat des grandes métropoles intégrées à la mondialisation : il fallait multiplier les déplacements dans les petites villes de la France périphérique. Le troisième avantage, seule Anne-Sophie Myotte en était consciente car c'était son idée. Il fallait, pour chaque déplacement, qu'un message soit envoyé autour d'un produit gastronomique d'appellation d'origine contrôlée, afin que, petit à petit, la notion de terroir colle au candidat socialiste. C'était la réponse à Laurent Wauquiez, qui avait reproché à DSK son peu d'osmose avec la France des territoires. Le député de Haute-Loire ainsi que Patrick Buisson attendaient de toute évidence que DSK passe son temps entre son siège de campagne, Roissy, les aéroports et Palais des Congrès des métropoles françaises. Le candidat des élites mondialisées dans toute sa splendeur ! Il fallait faire tout le contraire. Une campagne à la Chirac, sillonnant les petites villes et les campagnes, autour de buffets roboratifs. Alors que les journalistes dégustaient les huîtres de Marennes-Oléron avec une certaine gloutonnerie, et que Ségolène Royal et

Dominique Strauss-Kahn plaisantaient avec eux, Anne-Sophie pensa à l'équipe stratégique qu'elle allait coordonner en marge de l'équipe officielle de campagne. Les quatre "anti-terranovistes", Bouvet, Guilluy, Guibert et Maillard avaient accepté d'en être et elle leur avait donné toute latitude pour la muscler comme ils l'entendaient. Ainsi Stéphane Rozès, politologue, longtemps dirigeant d'un grand institut de sondage, avait déjà accepté d'intégrer l'équipe. D'autres suivraient. Ils participeraient tous à la rédaction des discours, aux messages de campagne, et travailleraient évidemment sur le projet du candidat.

Un accrochage avait déjà eu lieu entre Anne-Sophie et Pierre Moscovici, qui ne comprenait pas que le meeting soit organisé à Marennes dans une toute petite salle alors que La Rochelle n'était distante de la cité ostréicole que de plusieurs kilomètres. Sûre du soutien de DSK, elle avait asséné : « C'est le choix de Dominique. » De fait, les images de la salle pleine à craquer de DSK prenant la parole depuis Marennes avaient quelque chose de *vintage*. Pas d'images contrôlées et servies clef en main aux chaînes de télévision : Laurent Azoulai, le trésorier de la campagne, serait ravi et deviendrait très vite un allié naturel d'Anne-Sophie.

***

Lorsque Nicolas Sarkozy découvrit les images de DSK en train de déguster des huîtres avec Ségolène Royal au milieu des caméras, il ne sut pas quoi en penser. Pourquoi s'encombrer d'une alliée aussi incontrôlable, et qui puait la défaite à cent mètres ? Pourquoi débuter sa campagne par une petite salle au lieu d'utiliser le palais des congrès de La Rochelle, haut lieu des discours du PS ? Qui était donc ce jeune maire qui avait organisé ce début de campagne ? Qu'importe, après tout. La campagne ne commencerait réellement que lorsqu'il y entrerait lui aussi. Le président de la République hésitait encore sur la date à laquelle il annoncerait sa candidature. Son retard dans les sondages commandait un départ en février maximum, voire fin janvier. D'un autre côté, s'il entrait trop tôt en campagne, les Français lui reprocheraient instinctivement de moins se préoccuper de la France en crise. Le serpent se mordait la queue.

***

Pierre Giacometti accueillit Alain Minc dans ses bureaux. Le sondeur, devenu l'un des principaux conseillers de Nicolas Sarkozy, partageait avec l'essayiste-vedette, symbole de la "pensée unique" depuis le début des années 90, inventeur du fameux "cercle de la raison", la conviction que la candidature du président devait se faire sous le signe de l'Europe, « qu'il avait sauvée », de l'entente avec l'Allemagne, et de la modération sociétale. Ces deux-là s'opposaient de toute leurs forces, non seulement à Patrick Buisson, mais aussi à Henri Guaino, et à la franche hostilité de ces deux-là à l'idée européenne. Selon eux, face à Dominique Strauss-Kahn, il fallait apparaître comme celui qui faisait l'Europe, et non celui qui donnait des leçons. Et tenter ainsi d'associer Angela Merkel à la campagne. Ils rêvaient ainsi d'un grand meeting au cours duquel la chancelière s'exprimerait et dirait toute son admiration pour le président français. Évidemment, pour ne pas donner le flanc à la critique sur l'ingérence, c'est la dirigeante de la CDU qui, officiellement, irait soutenir le candidat de l'UMP. Mais, pour les "modernes" décriés par Buisson, tout ceci n'était qu'argutie. L'essentiel était ailleurs, c'était le symbole d'un président qui construisait l'Europe, main dans la main avec celle qui dirigeait une puissance de premier rang.

Minc interrogea Giacometti sur l'entrée en campagne de DSK à Marennes, intervenue la veille :

« Qu'est-ce que tu en penses ? Pourquoi associer Royal ?

— Malgré sa défaite cuisante à la primaire, Ségolène Royal a néanmoins une bonne image dans l'électorat de gauche. Et puis, il a complètement écarté François Hollande. Il ne peut pas s'annihiler les deux.

— J'ai l'impression que tout était fait pour nous vendre du symbole hier soir. Sans pouvoir déterminer réellement quels étaient ces symboles. Cette volonté de modestie, la petite ville, la petite salle. Pour montrer que le président du FMI peut aussi avoir les pieds dans la France profonde ? Mais alors pourquoi toutes ces huîtres à disposition des militants et journalistes ? Cela colle avec l'image de l'élite qui se goberge. Tout cela est contradictoire.

— Les huîtres se sont démocratisées, quand même. Cela peut être une volonté de mettre le focus sur un produit de terroir en danger.

— Oui, peut-être, il faudra suivre ça à la loupe. De toute manière, les gens de RSCG ne font rien au hasard. Hommel lui collait aux basques, d'après ce qu'on m'a dit. Mais on m'a parlé aussi d'une autre fille. Elle était tout le temps avec Hommel et n'a pas du tout participé à la campagne pendant la primaire. Et pour cause, elle était avec Montebourg !

— Il aurait débauché une montebourgeoise ? Cela nous arrange, s'il fait un peu dans l'euroscepticisme, on aura des arguments à faire valoir pour faire une campagne européenne et éliminer la tentation Buisson.

— D'après ce qu'on a pu me dire sur elle, elle est même carrément souverainiste. »

Minc avait prononcé ce dernier mot avec une moue de dégoût, un peu comme s'il avait évoqué une nostalgique du IIIe Reich ou une pédophile. Giacometti sourit et plaisanta :

« Il faut remettre un peu d'égalité. On doit bien ferrailler contre Buisson et Guaino, nous. Il n'y a pas de raison que DSK n'ait pas aussi une croix à porter.

— Toujours la même chose. Depuis vingt ans, les vainqueurs des élections gagnent sur de l'euroscepticisme, et ils font notre politique ensuite, mais à vitesse lente. Cela discrédite la parole politique mais, l'essentiel, c'est qu'on n'applique pas ce programme démentiel. Cette fois-ci, il faut vraiment qu'on puisse faire gagner sur notre programme. Afin qu'il soit mieux accepté par les Français. C'est ainsi qu'on pourra faire enfin les réformes dont le pays a besoin. Juppé et Fillon sont d'accord avec nous. Il faut gagner cette bataille interne.

— Qui est cette fille alors ?

— Une militante socialiste, économiste de formation. Le Guen en avait parlé cet été en des termes peu flatteurs à deux ou trois journalistes de ma connaissance. J'ai essayé de le joindre il y a quinze jours pour qu'il m'en dise un peu plus. Mais il a été muet comme une carpe. Un peu comme si DSK lui avait tapé sur les doigts.

— Et les journalistes en question, il leur avait dit quoi ?

— Que c'était une souverainiste, qu'elle militait ouvertement pour la sortie de l'euro. Copine avec Sapir, Todd. Arrogante.

— Jolie ?

— Je n'en sais fichtre rien. Tu veux dire que DSK aurait pu l'enrôler dans un but autre que politique ?

— Ne me dis pas que tu n'y as pas pensé !

— Justement non. C'est ça qui inquiétait Le Guen, visiblement. Il n'y a rien entre eux. DSK continue sa vie d'avant, et personne ne les voit, à la ville, ensemble. Il n'a pas l'habitude de se cacher. Ce qui inquiétait Le Guen, ce qui le rendait furibard même, c'est qu'elle devait avoir un rôle central dans la campagne, Moscovici étant relégué à la logistique.

— Si c'est le cas, ça nous arrange, non ?

— Oui, c'est pour cela qu'il faut absolument laisser faire dans un premier temps. Laisser DSK prendre cette direction, qui nous permettra de mieux vendre notre campagne à Sarkozy et baiser Buisson. Quand Nicolas aura vraiment opté pour notre stratégie, il sera assez tôt pour dénoncer publiquement cette proximité.

— On ne lui dit rien, alors.

— On ne dit rien à Nicolas.

— Il peut s'en apercevoir tout seul.

— Il a les mains dans le cambouis. Mais s'il le découvre tout seul, on avisera à ce moment-là. »

***

Cécile Duflot avait compris. DSK n'était pas tombé dans son piège. Tous ces efforts réduits à néant. Sa proximité avec Martine Aubry, cet accord tant espéré et qu'elle croyait acquis. Plus rien. *Nada*. Tout juste pouvait-elle espérer pour elle, et trois ou quatre autres pontes de son parti, des investitures bordées. C'était ça ou rien, avait tranché DSK. Elle voyait bien que Martine ne cautionnait pas et qu'elle ne faisait qu'appliquer les directives du candidat. La mécanique du système des primaires ouvertes se mettait en place, inexorablement. Le premier secrétaire du parti socialiste depuis une semaine n'avait plus de légitimité. Tournée, la page d'Épinay. Strauss-Kahn avait reçu l'onction du suffrage universel. Autre chose que le résultat d'un congrès contesté à Reims. Plus rien ne serait jamais comme avant. Et DSK avait décidé. Il ne voulait pas d'un groupe vert à l'Assemblée nationale.

Elle était lucide, Cécile Duflot. Elle savait bien, depuis la désignation d'Eva Joly comme candidate, que le score écologiste à la présidentielle ne serait pas, *in fine*, en rapport avec les exigences qu'elle formulait en terme d'investitures aux législatives. La campagne de l'ancienne juge d'instruction avait débuté et les retours du terrain étaient déjà catastrophiques. Avec un Nicolas Hulot candidat, DSK ne se serait jamais permis un tel coup de poker. Cécile Duflot maudit d'un coup les intransigeants militants de son parti qui avaient barré la route à l'ancien animateur de TF1. Et elle se maudit elle-même de ne pas avoir mis son poids dans la balance. Elle aurait voulu avoir le beurre – un groupe à l'Assemblée – et l'argent du beurre – personne pour lui faire de l'ombre dans la galaxie écolo. Raté. Martine lui avait promis, pourtant. Mais Duflot n'en voulait pas à Martine. Elle savait qu'elle ne pouvait en vouloir qu'à elle-même. Piteusement, elle accepterait donc le renvoi des négociations à l'après-présidentielle, avec l'assurance dès aujourd'hui d'entrer à l'Assemblée nationale en juin prochain.

***

Bruno Talanski ne voulait pas interroger Anne-Sophie. Pourtant, il en crevait d'envie. Par la bande, il avait appris que des membres de l'entourage de DSK se plaignaient de la présence d'une conseillère atypique auprès du candidat. Anne-Sophie la connaissait-elle ? Certainement. Non seulement, elle était militante au PS depuis l'âge de seize ans, connaissant toutes les arcanes du parti, mais tout ce qui était atypique dans la galaxie socialiste n'avait pas de secret pour elle. Mais Bruno était ainsi fait. Il ne voulait pas qu'elle puisse mal interpréter ce questionnement. Il travaillait lui-même avec l'un des principaux conseillers de Nicolas Sarkozy. L'interroger sur l'équipe d'en face, cela pourrait polluer leur relation. Anne-Sophie le fascinait. Il était sous son emprise et il le savait. « Elle mène la danse », avait-il confié à ses meilleurs amis. Mais il aimait ça.

***

Anne Hommel et Anne-Sophie s'entendaient à merveille. La communicante avait adopté la stratège. Anne-Sophie savait que, sans cette alliance, rien n'aurait été possible. Camba et Mosco auraient déjà eu sa peau. Les deux femmes avaient programmé le tour des villes et les deux premiers grands événements de DSK. D'abord, la participation à « Des paroles et des actes », l'émission-phare de France Télévisions. Ensuite, le premier grand meeting parisien. Elles avaient hésité entre trois salles pour ce premier grand raout, sachant qu'elles en programmeraient un autre de même ampleur, en plein air, au printemps : Le Bourget, Villepinte et la Porte de Versailles. Elles avaient finalement opté pour la seconde option. En attendant, DSK continuait à tenir des réunions dans des petites villes, évitant les métropoles.

D'autre part, Manuel Valls et Ségolène Royal étaient mis en avant, entamant aussi un autre tour de France, parallèlement au candidat. Il leur avait été demandé expressément d'insister sur la sécurité et la laïcité pour le premier, sur la désertification et les services publics pour la seconde. Mais c'est DSK qui prononça pour la première fois, au Puy-en-Velay, les deux mots qui firent sursauter la France entière : identité nationale. Cette ville n'avait pas été choisie au hasard. C'était celle dont Laurent Wauquiez était le maire, lui qui avait reproché à DSK de ne pas être ancré dans la France profonde, qui avait rappelé sa maison sur les rives du Potomac. C'était celui qui l'avait finalement désigné comme le candidat des "élites mondialisées".

Dans son discours, entièrement ciselé par Anne-Sophie, DSK avait longuement expliqué en quoi ce thème ne pouvait pas être ignoré, non seulement par un candidat à l'élection présidentielle, mais surtout par celui qui avait été désigné pour représenter la gauche. Il avait détaillé en quoi il était suicidaire de ne pas prendre en compte les aspirations identitaires d'un peuple fragilisé par les effets de la mondialisation. Mais il avait précisé que sa conception de l'identité nationale n'était nullement celle du Front national, ni celle de Nicolas Sarkozy. Qu'il en avait, quant à lui, une conception optimiste ; que, bien définie, elle était un atout pour la France. Filant la métaphore, il avait comparé l'extrême diversité des produits gastronomiques, en particulier de ses fromages, rappelant une fameuse citation du général de Gaulle, à la diversité de ses citoyens, de régions et de traditions parfois différentes, mais qui se réunissaient sur l'essentiel. Enfin, il désigna les véritables adversaires de l'identité nationale : les enseignes de grande distribution, l'industrie agro-alimentaire et même le lobby sucrier qui tuaient la paysannerie française, qui uniformisaient les saveurs, empoisonnaient nos assiettes, amochaient les entrées de nos villes. Avait-on abordé ces thèmes pendant le fameux débat sur l'identité nationale initié par le président Sarkozy ? Aucunement. Mais, précisait le candidat socialiste, la gauche avait été également coupable de refuser le débat, de ne pas opposer à la droite sa conception. Il avait été idiot de le refuser, et de ne pas mettre la droite et certains pouvoirs économiques devant leurs responsabilités à cet égard. C'en était fini. La gauche ne refuserait plus ce débat. Au contraire, il souhaitait l'imposer à ses adversaires pendant cette campagne présidentielle.

Évidemment, ce discours avait provoqué quelques remous. Dans l'entourage de DSK, d'abord. Le lendemain, Pierre Moscovici avait manifesté son incompréhension,

Jean-Marie Le Guen sa stupéfaction et Jean-Christophe Cambadélis son étonnement, dans une réunion où DSK ne lâcha rien. Le journal *Libération* s'interrogeait sur la « curieuse passion de DSK pour l'identité nationale ». Marine Le Pen avait ironisé, Guillaume Peltier et Geoffroy Didier s'étaient multipliés sur les plateaux des chaînes d'info pour se plaindre du rapt de leur thème favori. Bernard-Henri Lévy avait manifesté auprès d'Anne Sinclair sa profonde circonspection devant ce discours qu'il n'avait tout de même pas osé qualifier de "néo-pétainiste" même s'il n'en pensait pas moins.

Patrick Buisson était estomaqué. Jamais il n'aurait imaginé DSK débuter une campagne sur ces thèmes. DSK qui le prenait à contre-pied, qui venait occuper un terrain inhabituel, son terrain, pendant que Nicolas Sarkozy n'était pas encore en campagne. Très vite, les sondages et les études "quali" qu'il commandait donnèrent des résultats catastrophiques au regard de la stratégie qu'il comptait faire adopter au président sortant : DSK compensait ses faiblesses initiales. Comment réagir alors que Nicolas Sarkozy ne comptait pas se lancer avant février ? Comment être présent sur ce terrain alors que la crise de l'euro faisait rage et que l'image du président se jouait sur les thèmes favoris du duo Giacometti-Minc ? Buisson ne tenta même pas de proposer une initiative sur ce thème. Il connaissait par avance la réponse : « J'ai autre chose à foutre, je dois sauver l'Europe. » Le cauchemar de Buisson : pendant que DSK se baladait dans la France profonde, Sarkozy "sauvait" l'Europe. Il était dans un *corner* et assistait, impuissant, à la mise en bière de sa stratégie.

***

Éric Zemmour et Bruno Talanski étaient attablés dans le café du boulevard Haussmann où ils avaient leurs habitudes. Les deux amis commentaient les dernières nouvelles venues de Grèce, qui accentuaient la crise de la monnaie unique. Papandréou souhaitait désormais consulter son peuple par référendum, ce qui avait provoqué la panique dans toutes les places financières et toutes les chancelleries. Nicolas Sarkozy était furieux. Son goût peu prononcé pour les consultations populaires s'ajoutait à la situation difficile dans laquelle le dirigeant grec le mettait par rapport à Angela Merkel. En revanche, DSK avait publiquement approuvé l'initiative : « C'est aux Grecs de décider de leur destin. Ce peuple, qui nous a donné la démocratie, ne peut être tenu à l'écart des décisions qui conditionnent son avenir. Les Grecs prendront la bonne décision car ce sera la décision du peuple grec. » Éric Zemmour lança :

« Strauss-Kahn fait du Séguin dans le texte maintenant. Son début de campagne est décoiffant.

— Patrick est démoralisé. Il ne comprend rien. DSK occupe notre terrain. Nous souhaitions proposer des référendums sur les sujets régaliens. Lorsque Sarkozy fait pression sur Papandréou pour qu'il renonce à sa consultation, et que DSK le tacle sur le sujet, notre légitimité à en proposer dans quelques mois se brise.

— D'autant que cela rappelle à tout le monde l'adoption du traité de Lisbonne !

— Oui. Sarkozy voit de plus en plus Giacometti. Il nous écoute de moins en moins. On va dans le mur.

— C'est quand même bizarre, ces initiatives de DSK. Il fait le contraire de tout ce qu'il a toujours été. BHL s'agite dans tous les sens. Il a vu Anne Sinclair. Il veut soutenir Sarkozy depuis le meeting du Puy-en-Velay. Tu imagines si BHL soutient Sarko contre DSK. On serait "cul par-dessus tête".

— La boussole qui indique le sud aux Français.

— Voilà.

— Les études "quali" menées ces derniers jours sont formelles : DSK est en train de faire oublier toutes ses faiblesses. À ce train-là, le candidat des "élites mondialisées", ce sera Sarkozy.

— En 1995, Chirac avait Séguin et déjà un peu Guaino. En 2007, Sarkozy avait Guaino. DSK peut avoir compris, tout seul, quels étaient ses handicaps et de quelle manière il fallait les surmonter. Mais il ne peut pas avoir formalisé ça tout seul. C'est du beau boulot. On me dit que Terra Nova est *out*. Que c'est plutôt la Fondation Jean Jaurès qui est à l'ouvrage.

— Oui. On parle d'une conseillère mystérieuse aussi.

— Justement, je voulais t'en parler. Car j'ai fait mon enquête. Et j'ai fini par penser à toi.

— Moi ? Pourquoi ?

— Plus précisément d'une conversation que nous avions eue cet été.

— …

— Mes sources sont absolument concordantes sur plusieurs points. DSK travaille avec une conseillère depuis la fin de la primaire. Elle prend une importance inimaginable auprès de lui et cela excite tous les strauss-kahniens historiques ou presque. Il semble bien qu'elle soit à l'origine de ce début de campagne atypique.

— Oui, j'en ai entendu parler aussi. Mais je n'ai aucune idée de l'identité de cette fille. Pas mal de journalistes voudraient bien en faire un portrait mais elle est totalement inaccessible.

— D'après ce que j'ai pu apprendre, c'est une militante socialiste, plutôt spécialiste d'économie. Cela te parle ?

— Il y a des dizaines de filles qui correspondent à ce signalement.

— Elle aurait été très active au moment de la campagne pour le "non" au TCE.

— Cela circonscrit la liste des suspectes. Continue.

— Elle traînerait une réputation de souverainiste acharnée. Proche de l'économiste Jacques Sapir.

— Tu sais, je ne suis pas un spécialiste des réseaux de gauche.

— Elle a bossé avec Charasse pendant cette période. Cela ne te dit toujours rien ?

— Non.

— Elle était avec Montebourg cet été. Jusque-là, je ne pensais pas forcément à toi. Mais j'ai fait le rapprochement quand l'un de mes interlocuteurs m'a précisé que Moscovici la connaissait très bien.

— Je n'ai jamais rencontré Moscovici de ma vie.

— Pas toi. Elle ! Tu ne vois toujours rien ?

— Arrête tes devinettes, Éric. Lâche le morceau !

— Si Moscovici la connaît très bien, c'est parce qu'elle est franc-comtoise. Tu vois mieux, là ? »

Au moment où Éric Zemmour avait prononcé ce dernier mot, Bruno Talanski blêmit. Le puzzle était reconstitué. Un long silence, pesant, suivit. Le journaliste attendit une bonne minute pour le briser :

« J'ai compris ça hier. Je n'en ai parlé à personne. Je pensais vraiment que tu commençais à avoir toi-même des soupçons.

— J'aurais dû m'en douter. Tout était devant moi, et je n'ai rien vu. Putain, mais qu'est-ce que je peux être con !

— L'amour est aveugle ?

— Oui, je suis accro à cette fille. Je le reconnais. Mais être manipulé à ce point ! Ne rien voir ! Si Patrick l'apprend, je suis mort.

— Ce n'est pas moi qui le lui dirai. Mais il finira bien

par l'apprendre. Il faut que tu arrives à te tirer tout seul de cette situation.

— Je ne vois pas vraiment comment je pourrais m'en sortir. Je suis dans une merde noire. »

Un nouveau silence s'imposa.

« Je vais te laisser, Éric. Il faut que je fasse le point sur tout ça. J'ai besoin d'être seul.

— Je comprends. N'hésite pas à m'appeler. »

Bruno Talanski se leva, fébrile. Sa voix trembla lorsqu'il remercia son ami. Éric Zemmour le regarda s'éloigner et descendre dans la première bouche de métro. À quoi tenait une campagne électorale !

***

Jean-Marie Le Pen était furieux. Sa fille avait encore trop écouté ce gaucho de Philippot. « Son chevènementiste », précisait-il avec une pointe de dédain. Le nouveau conseiller de la présidente frontiste avait convaincu cette dernière de n'aborder principalement que les sujets économiques. Alors que Sarkozy était assis sur le porte-bagages de Buisson, que DSK se permettait même d'évoquer l'identité nationale, voilà que Marine occultait volontairement les sujets traditionnels du FN, ne parlant plus que protectionnisme et sortie de l'euro. Cela, encore, c'était le lot quotidien depuis des semaines. Les raisons de la colère du patriarche étaient ailleurs. Marine venait d'annoncer à son père qu'elle ne l'accompagnerait pas à Vienne en janvier prochain. La dispute avait été brève et froide :

« Je ne vais pas aller valser là-bas, jetant à terre toute ma stratégie depuis des mois.

— Tu te soumets, Marine ! Tu te soumets à l'Établissement ! Aux médias de gauche !

— Je ne me soumets à personne. Ni aux médias de gauche, ni à toi et je ne sais quelle tradition idiote. »

Marine avait tourné les talons. Elle ne mollissait pas. Elle ne mollissait plus. Comme lorsqu'elle avait exclu, en avril dernier, ce militant lyonnais qui aimait poser en exécutant des saluts nazis. Contre la volonté de son père, qui n'y voyait pas malice. Lui irait à Vienne, et il y ferait parler de lui, avec une déclaration dont il avait le secret. Pour ne pas qu'on l'oublie. Ni les militants du Front national. Ni les médias de gauche. Ni ce Philippot. Ni sa fille, surtout.

***

Depuis plusieurs jours, son AmantDeDroite ne répondait plus à ses textos. Il ne répondait plus au téléphone. Anne-Sophie avait deviné. Il avait compris. Compris qu'elle lui avait menti depuis des semaines. Compris qu'elle l'avait manipulé. Le laissant parler. Le faisant parler même de la campagne de Nicolas Sarkozy. Des directions que son patron Buisson voulait imposer au président sortant. Cela devait arriver. Forcément. Elle avait occulté cette évidence. Pour se protéger. Un soir, elle s'était rendue à Maisons-

Alfort. Elle avait remarqué que la boîte aux lettres de Bruno débordait. Elle avait trouvé la porte verrouillée et avait finalement ouvert, grâce à cette clef qu'il lui avait confiée. La valise, qui surplombait habituellement l'armoire de la chambre, avait disparu. La plupart des vêtements de Bruno aussi.

***

Jean-Marie Le Guen, Jean-Christophe Cambadélis et Pierre Moscovici sortaient de l'appartement de la place des Vosges où résidait le couple Strauss-Kahn. Ils n'étaient pas parvenus à convaincre Anne Sinclair. Elle ne ferait rien pour influencer son époux. Pourtant, ils savaient bien qu'au fond elle était d'accord avec eux, à propos de la proximité néfaste du candidat socialiste avec Anne-Sophie Myotte. Mais Anne Sinclair voulait entrer à l'Élysée. En journaliste expérimentée, elle savait qu'une campagne présidentielle ne se menait pas en gants blancs. Que duperie et démagogie constituaient des prix à payer. Et force était de constater que cette stratégie était effectivement payante. « Tout rentrera dans l'ordre en mai », avait-elle déclaré pour conclure l'entretien, congédiant les trois hommes. Elle se tairait, observant le travail d'orfèvre de la conseillère souverainiste. Cette dernière se rendait-elle compte du cynisme de son mari ? Se rendait-elle compte qu'à l'instar de beaucoup de ceux qui la précédaient dans cette tâche, elle travaillait pour le roi de Prusse ?

***

Ainsi donc DSK avait-il décidé de se munir d'une "petite Guaino". Nicolas Sarkozy souriait. « Au moins, il les choisit mignonnes, lui. » Grâce à sa mémoire parfaite, il se souvenait de la note dont il avait été le destinataire pendant un sommet à Bruxelles, au printemps. Il avait pensé que c'était de la drague. Finalement, c'était politique. Le début de campagne de DSK s'expliquait. Il tentait de donner une autre image de lui. Bien joué. Le candidat socialiste faisait aux Français le coup que lui-même avait fait en 2007. Celui qui « avait changé ». Qui n'était ni libéral, ni atlantiste, ni communautariste. DSK, lui, ne serait plus si européen ni si mondialiste. Et il ne serait évidemment pas communautariste. « Une tentative grossière », jugeait le président. « Quand il devra annoncer son programme, tout cela volera en éclats. » Nicolas Sarkozy n'était pas inquiet. Et il comptait sur l'entourage de DSK pour faire le ménage. Les Camba, Moscovici et consorts ne se laisseraient pas faire. À Claude Guéant, qui était venu le voir, il avait expliqué que cette fille ne tiendrait pas toute la campagne. Qu'elle se ferait éliminer. Que la gauche de Saint-Germain-des-Prés ne supporterait pas d'être ainsi mise hors-jeu.

Guéant était demeuré stoïque. Comme d'habitude, son chef nourrissait un excès de confiance. Il sous-estimait le désir des socialistes de revenir aux affaires après dix ans de disette. L'autorité de DSK sur ses troupes était réelle.

Le moteur, c'était la lutte des places. Le premier secrétariat du PS pour l'un, Bercy pour l'autre, des sous-secrétariats au chou farci pour les seconds couteaux. Mais le "Cardinal" ne broncha pas. L'autorité de Nicolas Sarkozy était réelle et naturelle sur ses collaborateurs. Au point que personne n'osait plus le contredire depuis longtemps. Toutefois, Guéant décida d'en savoir davantage sur la nouvelle conseillère de DSK. Qui voyait-elle ? Quelles étaient ses liaisons ? Couchait-elle avec le candidat ? Les vieux réflexes de flic ne se perdaient pas.

***

DSK était très entouré après son passage à « Des paroles et des actes ». Assis sur le canapé de sa loge avec Anne Sinclair, il interrogeait sa garde rapprochée. Manuel Valls le félicitait d'avoir « écrasé Copé ». Moscovici salua sa pédagogie face à François Lenglet et ses graphiques. « Tu étais à l'aise, Dominique », lui répétaient en chœur Anne Sinclair et Anne Hommel.

Plus en retrait, Anne-Sophie réfléchissait. Elle savait que DSK avait marqué ce soir un point essentiel qui ferait entrer les sarkozystes en fureur. Jean-François Copé ayant évoqué le « laxisme congénital des socialistes en matière d'immigration », le candidat du PS avait contre-attaqué. « Parce que vous vous targuez d'un bon bilan en la matière ? Vous voulez réellement qu'on examine les chiffres ? » Et il avait déroulé : « Nous devrons revoir nos partenaires européens afin de renforcer la lutte contre l'immigration clandestine. Et obtenir de faire évoluer Schengen. Je ne suis pas hostile à la signature d'un traité de Schengen 2. Et si nous n'obtenons pas satisfaction, je n'exclus pas de rétablir certains contrôles aux frontières nationales. » Touché !

C'était le coup d'Anne-Sophie. Une pierre lancée dans le jardin de Patrick Buisson. Elle savait que c'était l'une des bottes secrètes du conseiller occulte de Nicolas Sarkozy. Qu'elle était prête pour plus tard. Pour la dernière ligne droite. Dans la bouche du président sortant, cela devait apparaître comme une transgression, prononcée devant une salle surchauffée, à l'assaut de l'électorat du FN. Dans la bouche de DSK, et face au secrétaire général de l'UMP, cela apparaissait comme une mesure pragmatique, de bon sens. Demain, on en parlerait dans la presse, sans doute. Mais parmi d'autres sujets. Le FN l'attaquerait, lui ferait un procès en "enfumage". Paralysée par le KO de son secrétaire général pendant l'émission, l'UMP n'embrayerait pas. Les commentaires importaient peu, pour Anne-Sophie. L'essentiel était ailleurs. Elle avait franchi un palier dans son travail de sape pour pousser Nicolas Sarkozy dans les bras d'Alain Minc et Pierre Giacometti. Et isoler définitivement Patrick Buisson.

***

Bruno Talanski s'était forcé à regarder DSK chez Pujadas. Depuis quelques semaines, il vivait chez ses parents à

Avion dans le Pas-de-Calais. Il avait rompu à l'amiable son contrat de travail avec la boîte de communication qui l'employait. C'est Buisson qui l'avait fait embaucher. Pour justifier son départ, il avait parlé de problèmes familiaux très importants. Et il avait même proposé le nom d'un de ses amis de promo afin de le suppléer rapidement dans sa tâche. Il priait pour que personne ne découvre que c'était lui qui avait été la taupe qui renseignait l'équipe de DSK sur les intentions de Patrick Buisson. Certes, pour qui réfléchissait vraiment à la stratégie politique, il n'était pas si difficile de les deviner. Et Anne-Sophie en était parfaitement capable sans lui. Mais les confidences qu'il lui avait faites avaient apporté non seulement une confirmation, mais aussi des précisions sur le calendrier et sur le rapport de forces entre Buisson et Giacometti. S'il n'avait pas été aussi bavard, sa maîtresse n'aurait jamais pu conseiller à DSK de devancer Nicolas Sarkozy sur Schengen dès le mois de décembre. À part ses parents, personne ne savait où il était. Tous ses amis parisiens le bombardaient de textos, lui demandaient de ses nouvelles. Il ne répondait pas. Il faisait le mort. Déprimé. Lui, d'habitude si élégant, se déplaçait désormais en survêtement dans les rues du bassin minier lensois. Il avait de l'argent devant lui. Il pouvait voir venir quelques mois. Pendant trois ans, il avait été fort bien rémunéré et sa charge de travail ne lui avait pas laissé beaucoup de temps pour dépenser. Il avait résilié le bail de son appartement à Maisons-Alfort et demandé à quelques vieux amis d'Avion de procéder pour lui au déménagement et à l'état des lieux. En revenant, l'un d'eux lui avait dit avoir trouvé une clef dans une enveloppe blanche qui avait été glissée sous la porte. Celle d'Anne-Sophie.

Trois jours après « Des paroles et des actes », il reçut un texto. Très court. « Connard. » Signé Patrick Buisson.

***

C'est au cours d'une conversation avec Claude Guéant que Patrick Buisson avait tout compris. Le "Cardinal" évoquait avec lui le cas de la fameuse conseillère de DSK. Il avait demandé une enquête à la DCRI sur cette fille qui sortait de nulle part. On ne lui connaissait pas de liaison pour l'heure. Elle ne voyait aucun homme. Elle dormait trois heures par nuit et passait son temps au siège de campagne. À la fin de la conversation, Guéant plaisanta : « Sinon, j'ai l'impression que DSK prépare quelque chose dans le bassin minier du Pas-de-Calais. Depuis un mois, elle passe beaucoup de coups de fil dans le coin. À Avion. »

Buisson avait compris. Le départ précipité de Bruno l'avait intrigué. Même s'il avait des problèmes familiaux, cette campagne était passionnante. Tout lâcher à quelques mois du but était anormal. L'inquiétude des collègues de Talanski était remontée jusqu'à lui. Personne n'arrivait à le joindre. Il ne répondait à aucun message. Tout cela ne lui ressemblait guère. Buisson comprit que ce collaborateur avait sans doute quelque chose à se reprocher. Il savait qu'il était originaire d'Avion, petite ville du bassin minier lensois. Quand Guéant évoqua cette ville devant lui, il demeura impassible. Mais tout était désormais clair. La conseillère de DSK était la petite amie de Talanski. Talanski était une taupe. Se souvenant que ce dernier avait souvent de grandes discussions avec Éric Zemmour, il avait téléphoné au journaliste.

« Tu savais qu'un de mes gars couchait avec une conseillère de DSK ? Talanski ! Tu le connais bien, je crois.

— Je savais que Bruno entretenait une relation avec une militante socialiste, oui. Mais ce que je peux te dire, c'est qu'il ne savait pas du tout qu'elle bossait pour DSK. Il pensait qu'elle était chez Montebourg. Ce qui était d'ailleurs la vérité aussi.

— Tu veux dire qu'il a été manipulé ?

— C'est bien possible. Il a dû s'en apercevoir. Si personne n'arrive plus à le joindre, à mon avis, c'est parce qu'il doit s'en vouloir à mort. En ce qui me concerne, je suis plutôt inquiet pour lui.

— Zemmour, tu vas pas faire dans le sentimentalisme ! Pas toi ! Ce type est un connard. À cause de lui, Sarkozy va faire la campagne avec Giacometti et Minc. DSK est déjà à l'Élysée.

— Si DSK est malin et que Sarko est assez con pour faire campagne au centre malgré tout ça, ce n'est pas la faute de Talanski. »

Buisson avait raccroché au nez de Zemmour. Et avait envoyé ce texto rageur à Bruno Talanski. Mais au fond de lui, il savait que le journaliste n'avait pas complètement tort.

***

« Je ne comprends pas, Anne-Sophie, vous devriez être contente ! » Mais elle n'était pas contente. Et DSK ne comprenait pas. C'était Pierre Moscovici lui-même qui avait fait la proposition. L'euro-fédéraliste, l'européiste patenté. C'était son adversaire de toujours qui avait suggéré en réunion que Dominique Strauss-Kahn promette de renégocier le nouveau traité européen aussitôt élu président. Pendant la réunion, Mosco avait même cherché le regard de la seule souverainiste présente dans la salle. Il ne l'avait pas trouvé. Imperturbable, Anne-Sophie. Elle avait ensuite laissé parler les autres participants à la réunion, plutôt réticents à cette proposition.

Quand DSK, lors du tête-à-tête qui suivit, s'étonna de son silence et même de sa désapprobation, elle lui en expliqua les raisons. « Admettons que vous fassiez cette promesse, avez-vous l'intention de la tenir ? Et, si vous en avez réellement l'intention, serez-vous en mesure de l'obtenir ? Débuterez-vous votre mandat par une confrontation avec l'Allemagne ? Je ne le pense pas. Alors, oui, Merkel vous accordera peut-être un petit additif sur la croissance, comme Jospin l'avait obtenu en 1997. Mais tout le monde verra que c'est une sucette. Et vous débuterez votre mandat par un reniement. Chirac s'était renié au bout de six mois, Jospin au bout de six semaines. Vous vous renieriez au bout de six jours. Ce sera votre péché originel. Si vous vous mettez dans ces conditions, les Français n'auront plus confiance en vous dès le début de votre mandat. La confiance s'envolera d'emblée et vous ne rebondirez plus. Ne promettez rien, je vous en conjure. Banalisez ce traité. Dites que vous l'auriez négocié autrement, certes. Mais n'en faites pas une affaire de principe. Banalisez-le. Après tout, ce n'est qu'un traité qui confirme les critères de convergence de Maastricht. Un pacte de stabilité nouvelle formule. Il confirme les abandons de souveraineté déjà décidés il y a bien longtemps. Vous savez ce que j'en pense, de ces abandons. Moi je sais que vous les acceptez, au fond de vous, pour le moment. Donc, assumez. Ne le remettez pas en cause. Je pense que, très vite, pendant le mandat, vous finirez par vous apercevoir que la seule possibilité, c'est de contester ces abandons de souveraineté et que vous devez prendre des mesures radicales pour vous en soustraire. Mais non seulement vous n'en êtes pas encore convaincu mais, quand bien même vous le seriez, je sais très bien que vous ne proposerez pas, pendant la campagne présidentielle, de dissoudre la zone euro… Ce genre de décision se prend par surprise. »

DSK opinait du chef. Elle reprit.

« Moscovici ne m'étonne pas. C'était déjà lui qui était

à la manœuvre en 1997, au ministère des Affaires européennes. Mais c'était il y a quinze ans. Non seulement les Français connaissent désormais ce genre de musique, mais nous sommes aujourd'hui dans une société de l'info où il y aura toujours quelqu'un pour rappeler votre promesse. Cela commence par des tweets démultipliés des centaines de fois, cela se poursuit par une image d'archives. Ne promettez rien que vous ne pourriez pas tenir. Les Français sont très sensibles sur le sujet européen. Ne négligez pas le traumatisme du traité constitutionnel européen que Sarkozy a fait repasser par la fenêtre avec la complicité de nos parlementaires. »

Anne-Sophie se tut. Quelques secondes de silence passèrent et Dominique Strauss-Kahn laissa tomber : « Soit. » Anne-Sophie ajouta dans un sourire : « De toute manière, même si j'étais à votre place, je sais que je ne pourrais rien faire avant les élections allemandes de septembre 2013. Jusque-là, même une souverainiste folle furieuse comme moi n'aurait d'autre chose à faire que de serrer les dents. En revanche, après… »

DSK admirait l'assurance de sa conseillère. Il pensa à ceux qui étaient convaincus qu'il se séparerait de sa stratège aussitôt entré à l'Élysée. « Les cons ! » Avant de ressentir une forme de culpabilité en se souvenant que sa propre femme était au premier rang de ceux qui envisageaient une telle issue.

***

La trêve des confiseurs avait quelque peu ralenti le rythme de la campagne présidentielle. Anne-Sophie en avait profité pour continuer ses investigations dans l'objectif de recueillir des nouvelles de Bruno, qui ne répondait toujours pas à ses messages. Elle avait déniché une amie d'enfance de son amant, qui habitait à trois cents mètres du domicile des parents de ce dernier. Il était effectivement retourné habiter chez eux. Cette amie le croisait parfois à la boulangerie et avait été frappée par son attitude. Elle l'avait connu si dynamique, si enjoué. Il portait sur son visage les marques d'un homme en proie à une grosse dépression. Anne-Sophie s'était présentée comme une collègue de travail inquiète, mais l'amie de Bruno n'était pas dupe. Seule une affaire de cœur pouvait motiver une telle investigation et des questions aussi précises.

Anne-Sophie était véritablement une femme amoureuse. Elle ne l'avait réalisé que depuis un mois. Depuis qu'il était parti sans laisser d'adresse. Ces deux-là, qui jouaient aux "sex friends", comme disent les Américains, n'avaient jamais souhaité faire de projets ensemble. Certes, il lui avait confié sa clef, il lui avait proposé de l'emmener à Djerba. Ils partageaient aussi cette passion pour la politique et pour la France. Mais elle ne se souvenait pas d'un « je t'aime », ni de sa part, ni de celle de Bruno. Ils avaient gardé leurs distances. Et leur relation fonctionnait bien ainsi. Pourquoi changer quand tout fonctionne bien ? Puis elle s'était mise à lui mentir. Sur cette collaboration avec

DSK. Pour la bonne cause. Comprendrait-il un jour que ces dissimulations étaient motivées par un combat qui les dépassait tous les deux ? Anne-Sophie se remémorait souvent leur première rencontre. Elle assistait à une conférence sur le rapport des Français à l'idée européenne. Bruno y intervenait. Il était venu avec sa batterie de sondages. Avant de le rencontrer, elle n'aurait pas imaginé trouver une once de talent chez un sondeur. Elle avait été séduite. Et avait osé le premier pas, après la conférence. Anne-Sophie se souvint du moment où elle lui avait adressé la parole pour la première fois. Il était en pleine conversation avec un homme bien plus connu que lui. Elle avait attendu. Les deux hommes avaient remarqué la jeune femme. Bruno pensait qu'elle voulait s'adresser à son interlocuteur. L'interlocuteur le pensait aussi. Ils avaient sympathisé, échangé leurs numéros de téléphone. Et ils s'étaient revus, très vite.

***

Dominique Strauss-Kahn était affalé sur son fauteuil de bureau. Complètement sonné. À côté de lui, Anne Hommel et Anne-Sophie Myotte lisaient et relisaient l'article mis en ligne vingt minutes plus tôt par *Mediapart*. On accusait le candidat socialiste de proxénétisme. Pas moins. Une catastrophe nucléaire. L'article donnait des noms, des précisions. Un certain Dodo la Saumure, proxénète en Belgique, organisait des orgies sexuelles, auxquelles

DSK aurait participé. Le problème, c'est que des prostituées y participaient aussi. Une information judiciaire avait été lancée en mars dernier. Les juges savaient depuis longtemps que DSK était mêlé à cette histoire glauque mais hésitaient depuis des mois sur la qualification des faits. Était-il un simple client de prostituées ? Participait-il à l'organisation de ces soirées ? Dans le premier cas, ce n'était pas pénalement répréhensible. Dans le second, il devait être jugé pour proxénétisme. Les trois juges avaient hésité. Était-ce leur conviction intime ou la crainte de perturber la campagne présidentielle ? Ils avaient finalement choisi la première option.

Mediapart accusait. Un homme protégé car puissant. Un homme dont on avait peur et qu'on ne convoquait même pas. Directeur du FMI hier. Sans doute président de la République demain. Quelles étaient les sources du journal en ligne dirigé par Edwy Plenel ? L'un des trois juges ? Des policiers ? L'un des avocats des individus mis en cause ? La chancellerie ? DSK avait prévenu Sarkozy à Pittsburgh. Si on sortait ses affaires de fesses, il ne resterait pas inerte. Et personne n'aurait à y gagner. Anne Hommel avait déjà appelé les avocats de DSK. Ils seraient là dans l'heure. Elle, la spécialiste de la communication de crise, devait éteindre l'incendie. S'assurer que ce n'était pas un coup qui venait d'en face. C'est finalement Nicolas Sarkozy lui-même qui l'appela. Il jurait ses grands dieux qu'il n'était pas à l'origine du papier de *Mediapart*.

Que lui-même avait déjà été victime cent fois de Plenel. Qu'il n'avait nullement l'intention, conformément à leur pacte de Pittsburgh, de taper en dessous de la ceinture. Qu'il avait déjà donné des consignes claires à ses ouailles : n'évoquer cette affaire sous aucun prétexte.

La réunion avec les avocats avait accouché de deux décisions. Sur le front judiciaire, DSK demandait d'être entendu le plus rapidement possible par les juges, en tant que témoin. Sur le front médiatique et politique, il dirait avoir été convié à des parties libertines sans savoir que des prostituées y participaient. Il regretterait cette situation. Il s'indignerait des méthodes qui consistent à dévoiler publiquement les secrets intimes des citoyens. Qu'il avait ni plus ni moins de droits que n'importe quel citoyen français. Que chacun avait le droit au respect de sa vie privée. Anne Hommel était au pilotage. Son savoir-faire était irremplaçable en de telles circonstances.

***

Anne-Sophie avait hésité. Elle avait prévenu DSK dès leur première rencontre à Bruxelles. Elle trouvait la situation grotesque. Non pas qu'elle porte un jugement moral sur cet homme qui se payait les charmes des prostituées. Non. Ce qu'elle trouvait grotesque, c'était qu'un homme dans sa position ait pu prendre de tels risques. À une époque où tout finissait par se savoir. Elle aurait pu prendre ses affaires et ne plus revenir. Mais elle était restée.

Cette affaire datait d'avant leur première rencontre. Et elle n'avait jamais, depuis, remarqué une attitude contraire à ce qu'elle avait exigé de lui. Elle assumerait donc le passé.

***

DSK était sorti du bureau des juges. Rassuré. Il ne serait pas mis en examen en pleine campagne présidentielle. Les juges lui avaient assuré que si tel avait été le cas, il l'aurait déjà été depuis quelques mois. L'essentiel était préservé. Sur le terrain médiatique et politique, il y perdrait quelques plumes. Mais en France, la préservation de la vie privée constituait une valeur aussi importante, sinon davantage, que le fait d'être un bon mari ou non. Un électeur a aussi ses petits secrets. Une électrice également. Aux États-Unis, en Angleterre, il aurait peut-être déjà dû laisser la place à Martine Aubry ou à Laurent Fabius. Mais pas en France.

Il fallait aussi qu'il gère un troisième front. Anne Sinclair n'avait pas apprécié. Elle connaissait depuis des années les écarts de son époux, acceptait son infidélité, considérant cette dernière comme inévitable. Mais se mettre dans une situation pareille ! Avec un personnage surnommé “Dodo la saumure” ! Cela, ce n'était pas pardonnable. Elle le lui avait signifié. Évidemment, elle ne le quitterait pas en pleine campagne électorale. Mais il était bien possible que leur relation s'arrête ensuite. Il ne pouvait y croire. Elle se voyait tellement en “first lady”. Elle finirait par lui pardonner. Comme à chaque fois.

***

Pendant qu’il faisait l’amour à Irina avec une application presque scolaire, Bruno voyait la neige tomber à travers la fenêtre d’une chambre de son hôtel moscovite. Il était en Russie depuis deux semaines et il avait troqué un penchant dangereux pour les bouteilles de calvados de son père contre cette frénésie sexuelle avec la petite Russe qu’il avait rencontrée dans le cadre de ses nouvelles activités professionnelles. C’est lorsqu’il avait vu le regard empli de stupéfaction et de pitié de sa nièce Emma, une adolescente de quatorze ans, alors qu’elle l’avait découvert ivre mort, en caleçon, devant la télévision où passait « Toute une histoire » sur France 2, qu’il avait pris conscience de sa déchéance. Il avait réagi, pris le taureau par les cornes. Il avait appelé un vieux copain qui travaillait chez Total et qui lui avait naguère parlé du besoin d’interprètes russophones de confiance dans le cadre des déplacements des dirigeants de l’empire pétrolier français en Russie. En quelques jours, il avait été embauché pour une mission de trois mois et avait pris l’avion pour Moscou. Son travail n’était pas compliqué pour un russophone aguerri comme lui. Descendant de Russes par son père, il avait étudié cette langue au lycée. Il avait ensuite souhaité apprendre à la parler couramment, prenant des cours parallèlement à ses études de droit. Il avait aussi effectué quelques stages en Russie et y avait passé quelques vacances. Depuis cinq jours, il occupait ses nuits avec Irina dont l'appétit sexuel lui avait permis de constater que ses excès en alcool et anxiolytiques n'avaient pas entamé ses capacités en la matière. Au contraire d'Anne-Sophie, Irina était très vite complètement nue, et prenait toutes sortes d'initiatives, lesquelles étaient loin d'être déplaisantes. Mais, malgré les efforts de cette tornade russe, Bruno n'effectuait ces galipettes qu'à la seule fin de se rassurer, ne parvenant pas à chasser l'image de sa ComtesseAlexandra, de ses Dim up, de ses robes d'été qu'elle aimait conserver lors de leurs ébats.

Comment aurait-il pu oublier Anne-Sophie ? La veille, il avait entendu sur TV5 Monde des extraits du discours de Dominique Strauss-Kahn à Villepinte. Il avait reconnu les mots d'Anne-Sophie, son style, le rythme de ses phrases. Un grand discours. Une réussite aux yeux de tous les observateurs, qui avait presque fait oublier l'affaire survenue quelques jours plus tôt.

Sa mission avec Total s'achevait le 10 avril. Rentrerait-il ensuite pour voter, ou prolongerait-il alors son séjour dans la capitale russe ? Il n'en savait encore rien. Ce qui était certain, en revanche, c'est qu'il ne retournerait pas mater « Toute une histoire » à Avion avec deux grammes d'alcool dans chaque bras. Il n'oublierait jamais le regard d'Emma.

Chapitre V

Nicolas Sarkozy n'était pas content de lui. Il savait qu'il n'avait pas été bon. En ce soir de la mi-février, il avait annoncé sa candidature à l'élection présidentielle. Cette campagne, il ne la sentait pas. DSK ne faisait pas de faute depuis son entrée en campagne. Malgré la révélation de *Mediapart*, il tenait le coup. DSK n'était pas agressif avec lui. L'anti-sarkozysme allait de soi, en fait. Il était ambiant. Le candidat socialiste n'avait pas besoin de nourrir le feu. Le feu était là. Nicolas Sarkozy avait compris qu'il avait fait des erreurs de comportement, en début de mandat. Il avait fait du Giscard. Il avait souhaité désacraliser la fonction. Comme l'autre avait voulu la "décrispation". Erreur funeste. Fatale à Giscard. Fatale à lui-même. Tous les deux avaient voulu redresser le tir en fin de mandat. Trop tard. La première impression, les premiers jours étaient restés gravés dans le cortex de l'électeur. Pas forcément le Fouquet's, ni le yacht de Bolloré. Plutôt cette image de président faisant son jogging avec le Premier ministre qui n'osait pas passer devant. Le monarque en short et en sueur, qui gravissait les marches du Palais, ça ne le faisait pas. Alain Finkielkraut avait prévenu.

Comment apparaître aujourd'hui en "père de la Nation", comment apparaître comme celui qui rassemble les Français, après avoir sauvé le pays, sauvé l'Europe, sauvé le Monde, de la panade financière ? Oui, il avait eu un rôle essentiel pendant la crise de 2008. Il avait renoncé à toutes ses lubies libérales. Des subprimes à la française étaient pourtant prévues au programme de l'UMP. Il en avait vanté les mérites. Mais Nicolas Sarkozy était plus pragmatique que libéral. Il était aussi plus pragmatique qu'interventionniste. Il s'adaptait. Finalement, ce n'était pas si mal d'être opportuniste, de ne pas avoir de fortes convictions. Cela permet de s'adapter plus facilement aux crises. On s'entoure d'idéologues de toutes les couleurs, et on tranche avec son instinct, avec son bon sens. Cela n'avait pas si mal fonctionné, finalement, en 2008 et 2009.

Mais les Français ne lui en savaient pas gré. Ingrats. Ils ne voyaient que l'homme du « Casse toi, pôv' con ». Alors qu'il avait créé le G20. Alors qu'il venait de sauver la monnaie européenne. Ingrats. Il allait sans doute prendre sa retraite politique. DSK allait prendre sa place. Il était taillé pour le job. Battu par Strauss-Kahn, après tout, ce n'était pas un déshonneur. Il avait été ministre des Finances, directeur du FMI. Battu par Hollande ou même

Aubry, ça c'était vexant. Il se serait battu comme un lion. Mais là. Après tout. Faisons bonne figure. Soyons dignes. Si nous avons raté notre entrée, ne ratons pas la sortie. L'Histoire n'en sera que moins sévère à notre endroit.

Interrogé au JT de France 2, Nicolas Sarkozy avait soufflé le chaud et le froid. Il était à la fois dans cette posture de l'homme qui est au-dessus de la mêlée, qui se bat pour l'intérêt général, qui n'a rien à perdre, parce qu'il a déjà apporté au pays. Il avait parlé de ces jours où le monde était en danger. Où, avec Gordon Brown, il avait réagi, vite et bien. Mais comme d'habitude, cette posture de recul avait laissé place à son tempérament impétueux, il en avait trop fait. Les « moi, je » avaient fini par envahir son champ lexical. Il avait fini par considérer ce pauvre Pujadas comme un adversaire, alors qu'il ne faisait que son métier. Sarkozy l'avait rossé. Les Français n'aiment pas les journalistes, certes. Encore moins que les politiques. Mais ils veulent un président, pas un boxeur de journalistes. Encore une connerie. Non, il ne la sentait vraiment pas cette campagne.

***

Cela faisait longtemps qu'Éric Zemmour n'était pas allé voir un meeting en province. Pour humer l'ambiance. En 1995, il avait senti que la victoire de Chirac était possible dans un meeting de Séguin à Bondy. En 2007, le grand meeting de Sarkozy à la Porte de Versailles puait la victoire à plein nez. Il avait envie de vérifier dans un meeting de DSK si l'odeur de la victoire était là. Le nez, c'est important. Mais la vue l'est tout autant.

Zemmour faisait partie des journalistes qui mesurent les chances de victoire au nombre de jolies filles qui se pressent dans les meetings du candidat. Les autres ne souhaitaient pas en expliquer vraiment les raisons mais lui, comme d'habitude, il "idéologisait". Les jolies filles sont attirées par le pouvoir. Beaucoup de ses amis lui reprochaient de tout "idéologiser". Les nanas dans les meetings, les chansons, et même les matches de foot. Alors qu'un match se joue la plupart du temps à quelques centimètres à droite, à gauche, au-dessus ou en dessous d'un montant, il expliquait que Séville était perdu d'avance, ou que les Allemands ne gagneraient plus jamais rien parce qu'ils avaient désormais une sélection "multikulti". Pourtant, il connaissait le foot. Il savait, au fond de lui, qu'il avait tort de mettre de l'idéologie partout.

Il pensa à son copain Bruno. Dont il n'avait plus aucune nouvelle. Bruno lui disait souvent qu'il avait tort de tout vouloir tordre pour faire entrer dans des cases idéologiques. Il lui reprochait d'accepter le terrain de ses adversaires qui, eux aussi, mettaient de l'idéologie partout. Que sur ce terrain-là, il pouvait souvent gagner, parfois perdre, mais que ce n'était pas le bon terrain. Que ce n'était pas le sien. Et puis Bruno lui reprochait son pessimisme démobilisateur. Pourtant, Zemmour en était certain, ce n'était pas lui qui était pessimiste, c'était le réel.

Donc, des jolies filles, dans ce meeting de DSK à Châteauroux, il y en avait beaucoup. À Châteauroux ! Tant de jolies filles à Châteauroux pour applaudir un candidat dont toute la France venait d'apprendre qu'il se payait les services de prostituées, Zemmour en aurait bien fait un papier très idéologique. Il allait le faire, d'ailleurs, ce papier. Et il allait encore choquer Vincent Parizot, le présentateur de la matinale de RTL. Éric Zemmour sourit.

Quelque chose, en revanche, l'agaçait. Quand DSK était arrivé sur scène, il y avait une musique. Cette musique, il était certain de l'avoir entendue dans un autre meeting, un jour. Mais il ne savait plus quand. Mais il ne savait plus où. Il vieillissait, et ça l'énervait. Il voulait en avoir le cœur net. « C'est quoi cette musique, merde ? Pourquoi m'est-elle familière alors que je ne me souviens pas où je l'ai entendue ? » Il demanda autour de lui. Il demanda à des jolies filles. Elles ne savaient pas. Trop jeunes. Cela se confirmait. Il l'avait entendue il y a longtemps. Les jolies filles qu'il avait interrogées, elles ne devaient pas être nées à l'époque. Alors, il alla demander à un vieux. À un mec de son âge, quoi.

Après deux tentatives infructueuses, un homme à l'allure bobo – il y a aussi des bobos à Châteauroux ? – répondit du tac au tac, fier comme Artaban de cultiver un peu ce donneur de leçons droitard : « Mais, M. Zemmour ! Vous ne reconnaissez pas ? C'est la bande originale du film *Mission*, d'Ennio Morricone. » Il fit comme s'il avait vu le film. Mais cela ne lui disait rien. Il n'en savait pas davantage sur le jour où il avait entendu cet extrait dans un meeting. Tout cela l'agaçait encore plus. Il fallait qu'il retrouve. Il y avait certainement quelque chose d'idéologique dans le choix de cette musique.

***

Anne-Sophie aurait dû être heureuse. Sa stratégie fonctionnait au-delà de toute espérance. Nicolas Sarkozy était certes moins distancé dans les sondages qu'il y a quelques mois mais, en revanche, le taux des personnes interrogées qui disaient avoir fait leur choix pour DSK était déjà extrêmement fort, en ce mois de février. Au premier, comme au second tour. Difficile de renverser la tendance. D'autant que Sarkozy, après avoir nommé NKM porte-parole, passait son temps avec Pierre Giacometti. Il avait déjà fixé la date de la grande réunion qui aurait lieu en mars, à Strasbourg, avec la chancelière Merkel. « Dernier coup de klaxon, avant de heurter le mur », pensa Anne-Sophie.

Mais Anne-Sophie était malheureuse. Elle avait un goût amer dans la bouche. Son plan avait fonctionné, mais elle avait peut-être perdu l'homme de sa vie. Il lui manquait. Elle savait qu'il avait quitté la France. L'amie d'enfance de Bruno l'avait appris au détour d'une conversation avec ses parents. Elle savait qu'il avait retrouvé un travail. C'était bien. Il avait dû remonter la pente. Elle ne souhaitait pas l'oublier. Elle ne renonçait pas à le retrouver et à lui expliquer. Pas à lui présenter des excuses. Lui expliquer. Qu'elle avait fait ça parce qu'elle voulait peser sur le destin de la France. Qu'elle avait la conviction que la réélection de Nicolas Sarkozy aurait été une catastrophe à cet égard. Qu'il aurait fait une campagne très à droite, coiffant peut-être DSK, le candidat des élites mondialisées, sur le poteau, avant de gouverner selon les conseils d'Alain Minc. Il fallait ouvrir le jeu. DSK était une pâte à modeler. Elle voulait le suivre à l'Élysée. Les circonstances allaient l'aider. Un jour, Bruno comprendrait. Mais ce serait sans doute trop tard. Il aurait peut-être retrouvé quelqu'un. Il l'aurait oubliée. Il aurait oublié la femme qui l'avait trahi. Oublié la femme qui l'avait manipulé.

***

Éric Zemmour fit glisser la cassette VHS dans le magnétoscope. Il devait être le seul journaliste en France qui avait encore un magnétoscope à cassettes VHS dans son bureau. Il s'était souvenu. Il y a deux ans, lors d'une séance de dédicaces à Nice, un vieil homme lui avait fait cadeau de cette cassette. Ils avaient parlé de Philippe Séguin et de Charles Pasqua, de la campagne de Maastricht en 1992. Cette cassette avait été éditée par le Rassemblement pour le Non, association créée par le duo noniste. Le vieil homme en avait été le correspondant à Antibes.

Sur la cassette, donc, le film très mal réalisé du grand

meeting qui avait eu lieu au Zénith de Paris – à l'époque, il n'y avait pas de Zénith ailleurs qu'à Paris. Philippe de Villiers avait été invité à se joindre aux deux animateurs gaullistes du Rassemblement pour le Non. Trois discours, donc. Celui de Villiers, d'abord. Celui de Séguin, ensuite. Celui de Pasqua, enfin. Comme dans le sandwich, c'est le jambon qui est le meilleur. Grand discours de Séguin, comme d'habitude. Zemmour se souvint des derniers mots de cet exceptionnel orateur désignant la marée humaine en face de lui : « Les petits ruisseaux font les grandes rivières. Et les rivières font les grands fleuves. Et le voilà, le grand fleuve du non. Le voilà, le peuple français. Il sera, une fois de plus, au rendez-vous de l'Histoire ! »

Zemmour ne trouvait pas ce qu'il cherchait. Rien au début de la cassette. Rien entre les discours. À la fin, la *Marseillaise*, entonnée par un chanteur lyrique. Et enfin, cette musique qui se lance. *Mission*, d'Ennio Morricone. La musique qui accompagnait DSK chaque soir, c'était celle qui avait été choisie par le duo Pasqua-Séguin. C'était peut-être un hasard. C'était sans doute un hasard. Il repensa à la nouvelle conseillère de DSK. Elle était trop jeune pour avoir connu ce meeting. D'autre part, elle était socialiste. Mais la coïncidence était amusante. Tout à l'heure, il allait enregistrer l'émission de débat hebdomadaire dont il était la vedette avec Nicolas Domenach. Il allait évoquer l'anecdote. Avoir un magnétoscope VHS dans son bureau en 2012, c'était utile, finalement.

***

Anne-Sophie était face à DSK dans le bureau du candidat. Elle arborait un léger sourire.

« Vous vous amusez un peu trop, Anne-Sophie. Ce n'est pas un jeu. Il s'agit de la présidentielle. La première fois que nous avons parlé, à Bruxelles, c'est vous qui me faisiez la leçon. Rappelez-vous. »

— Ce n'est pas avec vous que je joue, Dominique. Et ce n'est surtout pas avec la France. C'est avec nos adversaires. Reconnaissez que c'est tout à fait différent.

— Vous avez joué avec Anne, quand même. Qui vous fait confiance. Qui vous a toujours soutenue dans l'équipe de campagne. »

DSK n'avait pas tort. Quand Anne-Sophie et Anne Hommel avaient travaillé ensemble sur la musique qui devait accompagner l'entrée du candidat dans les meetings, la première n'avait pas dit toute la vérité à la seconde. Elle savait que la BO de *Mission* était aussi celle du grand meeting du Non à Maastricht vingt ans en arrière. Mais elle avait été choisie parmi dix solutions possibles. Certes, celle-ci figurait parmi les cinq propositions d'Anne-Sophie. Mais c'est Anne Hommel qui avait finalement tranché.

« Je ne lui ai pas dit qu'elle avait déjà été utilisée, c'est vrai. Mais j'ai fait un pari. Il y avait une chance sur dix pour que nous la choisissions. Je n'ai pas cherché à l'influencer. C'est elle qui avait le dernier mot dans ce domaine.

Ensuite, il y avait encore moins de chances pour que quelqu'un s'en souvienne. Je reconnais que, dans mon for intérieur, j'espérais que cela se produise. C'est marrant que ce soit Zemmour qui nous rende ce service. C'était une forme de bouteille à la mer.

— Ce service ? Comme vous y allez.

— Mais bien entendu, Dominique. Dans le cortex de l'électeur, vous êtes de plus en plus le candidat de la France du non, alors que Sarkozy est celui de la France du oui. En 2005, c'était 55 % pour la France du non. Aujourd'hui, c'est sans doute davantage. C'est notre travail en commun depuis le mois d'octobre. À propos de *Mission*, je me suis dit : "Si quelqu'un en parle, tant mieux, mais la possibilité est infime." Et j'ai eu de la chance. Grâce à l'éditorialiste le plus proche de Patrick Buisson. C'est cela qui m'amuse. Pour le reste, je viens de passer une demi-heure avec Anne Hommel. Nous en avons ri ensemble.

— Et je dis quoi, maintenant, aux journalistes qui vont m'interroger sur cette "coïncidence" ?

— Qu'il s'agit d'une coïncidence, justement. Vous pouvez ajouter qu'elle est... troublante. Cela va les amuser, les journalistes. Je n'irais pas jusqu'à vous conseiller d'ajouter "c'est peut-être un signe", mais si le cœur vous en dit... »

Cette fois-ci, DSK éclata de rire. Anne-Sophie aussi. C'était la première fois, pendant cette campagne, qu'ils riaient tous les deux, ensemble, de bon cœur. La veille, Bernard-Henri Lévy, qui n'avait pourtant pas encore entendu parler de cette coïncidence troublante, publiait une « lettre ouverte à ses amis de gauche » à la une du *Monde*. Il y expliquait qu'il soutenait désormais de toutes ses forces le président sortant, « seul à même de défendre l'idée européenne alors que la tentation du repli sur soi a désormais envahi tous les pores de la société française, y compris jusque dans l'entourage direct du candidat socialiste ».

« One point », avait pensé Anne-Sophie.

***

Bruno Talanski répondait maintenant à certains textos arrivés de France. Une partie de ses amis savaient désormais où il se trouvait. C'était le cas d'Éric Zemmour qui l'informa, visiblement très amusé, de cette histoire de musique. Il aurait dû être encore en colère. Cela aurait même dû redoubler son sentiment d'avoir été manipulé. Mais cette fois-ci, il sourit. Il savait, lui, que cela ne devait rien au hasard. Le meeting de Charles Pasqua et Philippe Séguin, ils l'avaient regardé ensemble, l'été dernier aux Terres-de-Chaux. Bruno s'était moqué d'Anne-Sophie parce qu'elle avait encore un magnétoscope VHS. Elle lui avait répondu que c'était bien utile, parfois, d'avoir encore un magnétoscope VHS. Et elle avait pris une cassette sur son bureau. Elle l'avait glissée dans l'appareil. Ils avaient regardé tout le meeting, assis sur le lit d'Anne-Sophie, dans cette dépendance de la ferme de son frère. Comment était-elle en possession de cette cassette, elle qui n'avait pas douze ans au moment où cette dernière avait été éditée ? Il ne lui avait pas demandé. Peu importait, après tout.

Bruno aurait dû être en colère mais il était admiratif. Il continuait d'admirer cette femme qui était en train de mettre la vie politique française "cul par-dessus tête" et se permettait même de s'amuser. « Je ne suis pas le seul dont elle se paye la tête », pensa-t-il. On se rassure comme on peut. Et Bruno Talanski, dans sa chambre à Moscou, auprès d'Irina qui dormait nue à côté de lui, avait encore besoin de se rassurer.

***

Henri Guaino était désespéré. Il avait envie de claquer la porte. Le discours qu'il avait écrit pour Nicolas Sarkozy avait été caviardé. Il ne restait plus beaucoup de ses mots. Tout ce qu'il en restait avait été dénaturé. Il aurait voulu que le candidat revienne un peu à la France, à son histoire et à sa géographie. De ce qu'il avait écrit, il n'était resté que les passages grandiloquents où le candidat rappelait les conditions dans lesquelles il avait « sauvé la France, l'Europe, le Monde, la démocratie ». Grotesque. Il s'en rendait compte. Au milieu du texte intact qu'il avait écrit lui-même, ceci avait encore un sens. Dans le discours finalement prononcé, Henri Guaino trouvait ses propres mots ridicules. Il fulminait. Il avait la tentation de quitter ce bureau de l'Élysée, là, tout de suite, et de ne plus jamais y revenir. Il savait que c'était perdu. Qu'un autre prendrait bientôt sa place. Ou qu'une autre prendrait sa place, peut-être. Il pensa à cette jeune femme dont tout Paris parlait désormais sans la connaître réellement. Il avait envie de la détester, parce qu'elle était sans doute la cause de tous ses soucis d'aujourd'hui. Une manipulatrice de symboles ? Une faussaire, qui faisait passer des vessies pour des lanternes, et un candidat libéral, européen et communautariste pour celui de la France éternelle ? Guaino se reprit. Il se souvint, surtout. Des accusations du même type dont il était victime depuis six ans. De ces procès injustes, et qui le rendaient furieux, qui lui étaient intentés par d'anciens compagnons de route. Ils l'accusaient d'avoir troqué ses convictions contre un bureau à l'Élysée. Décemment, il n'avait pas le droit, lui, de se permettre un tel procès d'intention envers une jeune femme qu'il ne connaissait même pas.

Il avait la tentation de partir, mais il ne le ferait pas. Il resterait jusqu'au bout au service du président de la République. Même si celui-ci ne l'écoutait plus vraiment. Même si tout était déjà perdu.

***

DSK commençait, lui aussi, à s'amuser dans cette campagne. Il sentait qu'il tenait le bon bout. Dans un discours à Laon, il se moqua des incantations de Nicolas Sarkozy sur le "modèle allemand". Il ironisa. « Pensent-ils organiser

Oktoberfest à Paris ? », « *Warum*, de Camillo, va-t-elle se substituer à la Marseillaise ? » DSK improvisait, il faisait un sketch. Il faisait du Sarkozy. Mais du Sarkozy à son meilleur. Pas du Sarkozy de mars 2012. Laurent Fabius s'inquiétait : « Il ne faudrait pas non plus qu'il imite François Hollande. Ce n'est pas de son niveau. » "Monsieur petites blagues", c'était le surnom qu'il avait donné à l'ex-compagnon de Ségolène Royal, très amateur lui aussi de ce genre de sketches à la tribune.

Les sondages étaient excellents. Nicolas Sarkozy n'avait pas profité de son grand meeting au Bourget. Encore moins de celui avec Angela Merkel à Strasbourg. Certains de ses proches lui conseillaient de profiter de l'affaire du Carlton. Il avait hésité. Il n'hésitait plus. Il ne le ferait pas. DSK avait sans doute quelques dossiers sur lui. Certes, le président n'avait jamais eu recours au sexe tarifé, lui. Mais il avait aussi ses petites histoires. Les petites histoires que Cécilia lui avait reprochées naguère, sans doute. Et d'autres, peut-être. DSK l'avait prévenu. Il ne resterait pas inerte si on l'attaquait sur ce terrain. L'élection présidentielle française pouvait-elle tomber à un tel niveau ? Pouvait-il prendre cette responsabilité ? Non. Dans sa vie politique, il avait déjà fait preuve de cynisme, à de nombreuses reprises. Mais l'image de la fonction présidentielle, il y tenait un minimum, quoi qu'en disaient ses détracteurs.

Après un débat dans la boue, le futur président sortirait maculé, la France avec. Il se souvenait d'une réponse du général de Gaulle à ceux de son entourage qui, en décembre 1965, souhaitaient rappeler certaines casseroles de François Mitterrand. Celui qui avait été le chef de la France libre leur avait expliqué que cet homme, un jour, serait peut-être président de la République. Et que prendre la responsabilité de le salir aujourd'hui, c'était peut-être salir la France, plus tard.

Nicolas Sarkozy ne se considérait lui-même pas comme un gaulliste. Il s'était toujours moqué de ceux qui croyaient détenir un morceau de la vraie croix de Lorraine. Il avait toujours ironisé sur ceux qui voulaient revenir aux sources du gaullisme, alors qu'il ne voyait, lui, que le grand large. Mais il se souvenait de cette réponse de son lointain prédécesseur, substantifique moelle du sens de l'État. Il aurait aussi pu penser au vieux partenaire du général, Winston Churchill, et à sa célèbre citation sur le choix du déshonneur sur la défaite, qui entraînait forcément les deux. Mais il n'en eut pas besoin. Il n'irait pas dans la boue.

Ce matin-là, une note lui avait appris que la DCRI avait permis qu'un jeune Français de la banlieue de Toulouse, Mohammed Merah, soit arrêté alors qu'il préparait l'assassinat d'un militaire français, dont la famille était originaire, comme la sienne, du Maghreb. Fallait-il que la France soit à ce point malade pour que de tels projets soient possibles ? Cette France-là avait besoin d'un président fort. Elle avait besoin d'un président qui sache rassembler, et qui soit en position de le faire. Nicolas Sarkozy savait qu'il allait sans doute perdre. Il perdrait dignement.

***

Martine Aubry avait prévenu DSK qu'un coup se tramait parmi les féministes du parti socialiste. Beaucoup d'entre elles avaient été scandalisées par cette affaire du Carlton. Elles ne l'accusaient certes pas d'avoir été coupable de proxénétisme dans l'affaire. Mais, pour elles, le simple fait d'être un client le rendait complice. Elles avaient d'ailleurs obtenu que la pénalisation du client de prostituées figure dans le programme du PS, mesure qui n'avait pas été reprise dans le projet du candidat. DSK avait le sens du ridicule. Certaines de ces militantes PS avaient même créé deux ans auparavant une association, Osez le féminisme. Mené par une proche de Benoît Hamon, Caroline De Haas, ce collectif s'était fait connaître lors d'une opération consistant à afficher sur les murs parisiens, et même peindre sur les trottoirs, des clitoris géants. « Personne ne se préoccupe du plaisir féminin », avait expliqué la porte-parole. « Parle pour toi », lui avait lancé Anne-Sophie, impitoyable, dans une travée du conseil national du PS.

De Haas s'était rappelée au bon souvenir de la nouvelle conseillère de DSK, avec laquelle elle avait néanmoins partagé certains combats, sur l'Europe et le protectionnisme, au sein du courant de Benoît Hamon, lors du congrès de Reims en 2008. Elle figurait en tête de la tribune parue ce matin-là dans *Libération*. Une cinquantaine de signatures. Ces féministes appelaient à voter pour Jean-Luc Mélenchon, « dont le comportement a toujours été irréprochable avec les femmes et dont la campagne à gauche ne souffre d'aucune ambiguïté ». L'appel était relayé avec efficacité dans toutes les radios et chaînes d'information. Le militantisme féministe – du moins, celui-là – était davantage implanté dans les rédactions parisiennes que dans les vestiaires des caissières – sous-payées aux horaires impossibles – d'Auchan ou Carrefour. Il en allait ainsi.

Jean-Luc Mélenchon ne repoussait évidemment pas ce ralliement. Mais il ne souhaitait pas attaquer DSK sur sa vie privée. Il n'avait pas cette conception de la politique. Pour le reste, fidèle à lui-même, il lâchait ses coups contre celui qu'il présentait toujours comme l'ex-directeur du FMI. Il fustigeait ce candidat, censément de gauche, aujourd'hui passionné par le thème droitier d'identité nationale. Il feignait de ne pas voir que les propositions de DSK en la matière, celles qui concernaient le monde agricole, l'urbanisme commercial, la lutte contre l'uniformisation des saveurs, le refus de tout traité transatlantique remettant en cause les normes sanitaires françaises, étaient pourtant antinomiques avec celles de la droite. Pis, il l'avait remarqué et il était même plutôt jaloux de ne pas avoir inscrit certaines de ces propositions dans son propre programme.

Excellent analyste des rapports de forces politiques, il savait qu'il pouvait obtenir un score à deux chiffres lors de ce scrutin.

Il cognait Marine Le Pen, matin, midi et soir, souhaitait aller chercher l'électorat populaire, qui hésitait entre abstention et vote frontiste. Mais il ne s'y prenait pas très bien. Il attaquait notamment la proposition lepéniste d'abandonner l'euro, alors que beaucoup d'économistes proches de lui considéraient cette solution comme une option sérieuse au cas où l'Allemagne ne voudrait rien céder. Son intransigeance et son opposition résolue sur tous les sujets avec le FN, lequel avait pourtant sérieusement gauchi son discours économique, ne payaient pas. Ceux qui prévoyaient de voter pour lui ne figuraient pas parmi les grandes victimes de la mondialisation libérale qu'il dénonçait. Peu d'ouvriers, de chômeurs. Des profs, des fonctionnaires de catégorie A, qu'il parvenait à chiper à DSK. Mélenchon avait une plus grande ambition. Son combat à mort contre Marine Le Pen, il voulait le gagner en prenant la place tant convoitée de "troisième homme" de l'élection présidentielle. Mais – il le savait déjà – le troisième homme serait une femme.

***

Bruno avait finalement appelé Éric Zemmour. Les textos, ça va un moment. La politique française lui manquait. France 24 et TV5 Monde n'étanchaient pas sa soif.

Pour Zemmour, Sarkozy avait déjà perdu. Sarkozy savait lui-même qu'il avait déjà perdu. « Il fait une campagne désastreuse. » « Le meeting avec Merkel est un boulet. » « Je me demande parfois s'il ne va pas passer derrière Marine Le Pen. » Zemmour se laissait emporter quelquefois par ses propres convictions. L'écart mesuré par les instituts de sondage entre le président sortant et la candidate frontiste était au minimum de six points. Bruno lui fit remarquer. « Il reste un mois. Et six points, c'est seulement trois points qui se retournent », répondit le journaliste, sûr de son analyse. C'était le boulot de Bruno. Il connaissait. Il pensait que l'écart pouvait encore se réduire, mais pas à ce point. Bruno avait envie que Zemmour lui parle de la campagne de DSK, mais Zemmour était obsédé par les rapports de force UMP-FN.

« Et dans l'autre camp ? tenta timidement Bruno, profitant d'une pause de respiration de l'éditorialiste de RTL qui développait un raisonnement charpenté sur l'évolution de la droite dans l'après-Sarkozy. DSK a déjà gagné. C'est plié. Aujourd'hui, cela ressemble à une promenade de santé. La faute à Sarkozy… »

Talanski sentit que Zemmour allait repartir dans son analyse sur les droites françaises. Il coupa : « La faute à Sarkozy ou la mienne ? »

Le journaliste comprit que Bruno acceptait enfin de reparler des raisons qui avaient conduit à son exil. Mieux, il avait l'air de le souhaiter.

« Patrick Buisson te considère comme le responsable de cette situation. Je l'ai envoyé bouler.

— Tu penses qu'il a tort ?

— Si DSK est allé chercher cette fille, c'est qu'il avait l'intention de piéger Sarkozy. C'était à Sarkozy de ne pas tomber dans le piège. Pas à toi. Même si les renseignements qu'elle a obtenus avec toi ont pu leur servir, ponctuellement, il y avait moyen de dénoncer l'imposture de DSK. Il cause identité nationale et il ne parle pratiquement pas d'immigration et d'islam ! Marine Le Pen l'a dénoncé, ça. Sarkozy pouvait le faire, et il s'est jeté dans les bras de Minc. Tu n'as pas à t'en vouloir.

— Si. Je m'en veux d'avoir été aussi naïf. Sur l'analyse, tu n'as pas tort. Sarkozy n'a pas vraiment cherché à se sortir du piège. Et je n'ai pas trop encaissé le texto de Patrick. Ni ce qu'il a dit de moi à certains amis. J'ai peut-être été con, mais moi j'en sais pas mal sur son compte. Et je ferme ma gueule. Donc, si je reviens à Paris, il ne faudrait pas trop qu'il me cherche.

— “Si je reviens à Paris”, dis-tu… Pourquoi tu t'en veux au point d'envisager de ne plus revenir, si tu penses que j'ai raison ?

— Parce que je ne sais pas comment je supporterai de revoir Anne-Sophie, d'assister à son ascension.

— Tu divagues…

— Quoi ? Je divague ? Tu crois que cela me fait plaisir d'avoir été pris pour un con ?

— Atterris Bruno ! Cette fille fait de la politique. De la vraie. Bon, OK, elle s'est servie de renseignements que tu lui donnais. Elle ne t'a pas dit qu'elle bossait pour DSK. Cela ne signifie pas pour autant qu'elle couchait avec toi dans ce seul but. Ni surtout qu'elle te prenait pour un con.

— Comment peux-tu en être aussi certain ? Tu l'as déjà rencontrée ?

— Pas la peine. Il suffit de réfléchir froidement à la situation. Je reconnais que c'est plus facile pour moi que pour toi. De toute évidence, cette fille est une tête. Elle cherche à demeurer discrète. Elle n'accorde aucune interview. C'est le comportement type de quelqu'un qui veut peser pour l'avenir. Politiquement. Elle souhaite compter dans les décisions du futur président. Ce qu'elle a fait, ce qu'elle continue de faire, c'est pour ses idées, pour la France. Et, avec tout le respect que je te dois, tout ça vaut bien qu'on te trahisse.

— Et donc, je devrais faire quoi ? La remercier ?

— En tant que patriote, certainement.

— Tu es quand même bizarre. Toi qui exaltes les valeurs viriles à tout bout de champ, tu me proposes de passer l'éponge.

— Je ne te propose rien du tout, Bruno. Tu es libre de faire ce que tu veux et je ne suis pas à ta place. Mais si tu es accro à cette fille, tu devrais mettre ton orgueil dans ta poche. Et reprendre contact.

— Je ne reconnais quand même pas l'auteur du *Premier Sexe.*

— Oublie ce que j'ai écrit. C'était un bouquin sur l'évolution de la société. Des mœurs. Ce n'était pas un guide pour jeune mâle en perdition. Tu penses à toi, c'est tout. Si tu l'as oubliée et que tu veux passer à autre chose, pourquoi pas ? Mais ne me parle pas de trahison. Elle a hiérarchisé ses priorités. Et sa priorité, c'est son pays. C'est tout à son honneur.

— …

— Franchement, si tu aimes cette fille et qu'elle t'aime, c'est vraiment con que vous ne vous retrouviez pas.

— Tu me parles d'amour, maintenant. »

Zemmour soupira.

« Mais oublie ce que j'ai pu dire ou écrire, bordel. Si tu es amoureux de cette fille, revois-la, c'est pas compliqué. Tu penses à toi. Pas à Zemmour, ni à DSK, au Pape ou quelqu'un d'autre.

— Je vais y réfléchir.

— C'est bien. Réfléchis. Et reviens vite à Paris. Je te laisse. Je dois rendre mon papier pour *Le Figaro Magazine* dans deux heures. »

Bruno Talanski se replongea dans la traduction de mails. De temps en temps, au travers de la porte vitrée de son bureau, il apercevait la chute de reins sublime d'Irina.

***

Anne-Sophie avait convaincu DSK. Moscovici, Le Guen et Aubry découvrirent le grand entretien du candidat, accordé au *Monde*. Elle en avait supervisé les dernières corrections. Schengen était un amuse-gueule. « La monnaie européenne est un moyen, pas une fin en soi. » « L'euro est devenu un dogme. » « On doit pouvoir débattre sereinement de ces sujets. Refermer le couvercle, ce n'est bon ni pour la démocratie, bien évidemment, ni même pour le destin de l'euro lui-même. »

Pierre Moscovici ne comprenait pas. Il y a peu, il avait lui-même proposé à DSK de promettre la renégociation du TSCG[4]. Fin de non-recevoir. Et maintenant, le candidat expliquait que l'existence même de l'euro posait débat. Il laissait entrevoir que la dissolution de la zone était possible. Le tir de barrage des chevau-légers sarkozystes avait débuté. Moscovici y reconnaissait les mots qu'il aurait lui-même utilisés si le candidat de droite avait osé une telle intervention.

Il obtint un entretien en tête-à-tête avec DSK. Strauss-Kahn le renvoya au contenu entier de son entretien au *Monde*. « Ni même pour le destin de l'euro lui-même. » Et il développa : « Pierre, tu me connais depuis combien de temps ? J'ai toujours été un partisan de la monnaie unique. Mais je ne l'ai jamais été de manière religieuse. Tu connais mon pragmatisme. Le débat sur l'euro a lieu partout en Europe. Il a lieu en Allemagne, il a lieu en Italie. Il faut pouvoir en débattre sereinement. Et arrêter de

4- Traité sur la stabilité, la coordination et la gouvernance.

renvoyer à l'extrême-droite tous ceux qui émettent des propositions qui nous déplaisent. Ce débat doit avoir lieu en France. C'est toi qui me proposais de promettre la renégociation du TSCG. Tu sais très bien que Merkel nous enverra sur les roses. Et que je débuterai mon mandat sur un reniement. Je propose autre chose. Il y a un débat en Allemagne sur l'existence de l'euro, et Merkel se sert habilement de cette pression pour rester ferme sur ses positions. Il faut que le débat existe aussi en France, pour faire valoir les nôtres. Et peser sur la gestion de cette monnaie. C'est plus efficace que de faire semblant de revenir sur la parole de la France. » Moscovici n'argumenta pas. À quoi bon ? DSK était le maître à bord. Mosco ne descendrait pas à la prochaine escale. Il avait tellement envie de Bercy. Il en rêvait. Mais il avait soudain peur que les embardées eurosceptiques de son ami ne viennent changer le cours de la campagne. La victoire était si proche.

Du côté de Martine Aubry, le dialogue avait été plus orageux. Aubry était partie en claquant la porte. Elle avait promis un communiqué. « Fais ce que tu veux, tu es libre », avait bluffé DSK. Anne-Sophie avait raison. C'était Martine Aubry qui serait la plus rigide et la plus vindicative. Elle avait gagné une image de gardienne du temple de la gauche éternelle à la faveur de sa loi sur les trente-cinq heures. Pourtant, c'était DSK lui-même qui avait imposé l'idée à Jospin, et Aubry était réticente, elle qui avait jadis sauté sur les genoux de Gandois, l'ami de son père.

Gandois qui s'était opposé à cette loi, et qui avait dû quitter la présidence du Patronat, laissant place nette à Ernest-Antoine Sellière.

À cette époque, elle était devenue malgré elle le symbole de la gauche étatiste, moquée pour sa rigidité par un pamphlet impitoyable de Philippe Alexandre. Elle en avait tellement souffert. Elle qui avait été nourrie au lait de la deuxième gauche et de la démocratie chrétienne. Quelques années plus tard, cette nouvelle image lui avait permis d'incarner la gauche du PS face à Ségolène Royal, qui militait pour l'alliance avec Bayrou. Aubry s'opposait à Paris à une solution qu'elle mettait elle-même en pratique dans son conseil municipal de Lille. Elle y tenait, à cette nouvelle image. Mais ses convictions européennes étaient intactes. Les déclarations de DSK l'avaient mortifiée. Pour elle, l'euro était bien une religion. Le dogme ne se discutait pas. Elle se sentait presque visée.

Elle avait repris le train pour Lille. Elle avait hésité. Le communiqué était prêt à être faxé à l'AFP. Et elle avait renoncé. Elle avait aussi refusé de prendre quelques journalistes au téléphone. Martine s'écrasait. Parce qu'elle tenait à son rôle au sein du PS, à son image dans l'opinion. Prendre ses distances avec DSK avec les mêmes arguments que Bayrou aurait troublé l'opinion. Et tant pis si elle était d'accord avec Bayrou.

***

Anne-Sophie avait reçu les derniers sondages. Elle venait d'en parler longuement avec Stéphane Rozès au téléphone. DSK flirtait avec la ligne des 30 %. Être au-dessus ou en dessous de cette ligne compterait, symboliquement, au soir du premier tour. S'il était au-dessus, DSK assommerait le suspense. Comme Sarkozy en 2007. Le président sortant pointait entre 22 et 24 %. Marine Le Pen entre 15 et 18. Suivaient Mélenchon, entre 10 et 12, et Bayrou, entre 4 et 7. Joly continuait de s'écrouler. « Elle va finir par trouver du gaz de schiste », rigolait Anne-Sophie. Un comble pour une candidate écolo. Cette dernière était aujourd'hui devancée par Dupont-Aignan dans toutes les études. Le candidat souverainiste profitait de l'espace laissé par Sarkozy dans l'électorat UMP eurosceptique. Dans l'un des sondages, il était même à égalité avec Bayrou.

Ces études ne tenaient pas compte de l'entretien de DSK au *Monde*, publié la veille. Il restait deux semaines avant le premier tour et Anne-Sophie était persuadée que les propos du candidat au sujet de l'euro amplifieraient son excellente dynamique. Rozès se montrait plus prudent. Il attirait l'attention de la conseillère sur le fait que les propos de DSK à ce sujet pouvaient provoquer un trouble dans l'électorat âgé, ce dernier ayant en revanche apprécié la séquence Schengen. Mais là n'était pas l'essentiel. Anne-Sophie était déjà dans l'après. Elle pensait de moins en moins à Sarkozy. Et de plus en plus à Merkel.

***

Bruno Talanski, assis à l'arrière d'un taxi qui le transportait de Roissy Charles-de-Gaulle à Paris, repensa au moment où il avait annoncé à Irina qu'il ne resterait pas à Moscou. La jeune Russe n'avait pas apprécié. Litote. Elle lui avait jeté à la figure des tas de noms d'oiseaux, mais aussi un verre de vodka qu'il avait évité de peu et qui avait fini sa course sur le mur de la chambre d'hôtel. « Tu verras, les femmes russes, c'est un sport de combat », avait prévenu l'ami qui lui avait permis de trouver cette mission pour Total. Bruno Talanski avait vu. Il avait expérimenté.

L'un de ses collègues à Moscou, cadre marié avec lequel il s'était lié d'amitié, possédait une garçonnière à Paris et lui en avait confié la clef. « Tu peux y rester autant que tu veux. Je ne suis pas près de quitter Moscou. » Hasard troublant, le taxi passa devant le siège de campagne de Dominique Strauss-Kahn, situé à trois minutes à pied de la garçonnière. Dans les pensées de Bruno, l'image d'Anne-Sophie se substitua alors à celle d'Irina. Il était encore irrésolu quant à une éventuelle reprise de contact avec la conseillère de DSK. Ses blessures d'orgueil n'étaient pas tout à fait guéries. Aurait-il repris l'avion pour Paris si ce n'était pas pour revoir sa ComtesseAlexandra ? Total lui avait proposé de prolonger sa mission de six mois supplémentaires. Rémunérateur. Tentant. Mais il avait décliné. La France lui manquait. Il avait aussi envie de vivre ces trois dernières semaines de campagne électorale autrement que par le truchement de France 24 et TV5 Monde. Au moins serait-il sur place lorsque la décision de revoir sa maîtresse serait prise. Bruno se souvint de la dernière fois où ils avaient fait l'amour. Il repensa aux cheveux longs d'Anne-Sophie, à la robe relevée sur ses hanches, à ses fesses nues. Alors que le taxi s'arrêtait et que le chauffeur descendait pour sortir la valise du coffre, il comprit que son désir pour Anne-Sophie n'avait pas disparu.

***

Pierre Giacometti sortit du bureau de Nicolas Sarkozy. Il venait d'informer le président des projections des résultats du premier tour de l'élection présidentielle. Une catastrophe. Jusqu'au bout, le président avait persisté à croire qu'il serait au-dessus de 25 %. Avec 23 %, huit points derrière DSK, le second tour s'apparenterait à un véritable chemin de croix. Sa campagne très européenne, inspirée par Alain Minc, Giacometti, et appuyée par Alain Juppé et François Fillon, n'avait finalement séduit que les médias. Les classes populaires l'avaient boudée. Quelle stratégie adopter désormais ? Changer son fusil d'épaule et mettre le paquet sur l'immigration et l'identité française, comme le lui conseillait Patrick Buisson, qui revenait sans cesse à la charge ? Comment faire ? DSK avait occupé le terrain de l'identité depuis décembre, se payant le luxe de critiquer Schengen. Déborder le candidat socialiste sur la droite, c'était reprendre exactement le discours de Marine

Le Pen sur le sujet. De plus, ce virage à cent quatre-vingts degrés apparaîtrait pour ce qu'il serait, une tactique à gros sabots. Il perdrait sur tous les tableaux, les électeurs du FN n'étant pas nés de la dernière pluie, surentraînés à la détection du double discours politique. En revanche, il fallait impérativement mettre la pédale douce sur l'Europe, afin de ne pas s'annihiler tous les électeurs FN et ceux de Dupont-Aignan. Le score du candidat souverainiste, qu'il méprisait, l'avait surpris. Sa seule chance, désormais, de limiter les dégâts, c'était de faire appel au bon vieux clivage droite-gauche sur l'économie. Rappeler les réflexes bien ancrés des socialistes, en matière de recours à l'impôt et à la réglementation tatillonne.

Nicolas Sarkozy soupira. Il aurait donné cher pour être téléporté immédiatement un mois plus tard.

***

Les résultats officiels du premier tour de l'élection présidentielle s'affichèrent sur l'écran d'ordinateur de Bruno, connecté au site officiel du ministère de l'Intérieur. Dominique Strauss-Kahn avait obtenu 31,8 % des suffrages, Nicolas Sarkozy 22,9. Suivaient Marine Le Pen, avec 18,3 %, Mélenchon avec 12,3 % et François Bayrou avec 5,8 %. Enfin, parmi ceux qui étaient considérés comme les petits candidats, Dupont-Aignan atteignait 4,2, Joly plafonnait à 1,9, Poutou, Arthaud et Cheminade obtenant respectivement 1,3, 1,1 et 0,4 %.

Jean-Luc Mélenchon avait déjà appelé à faire barrage à la droite, tout en expliquant qu'il ne faudrait pas le considérer comme membre de la majorité. Peu avant minuit, c'est François Bayrou qui avait annoncé qu'il voterait pour Nicolas Sarkozy et appelé solennellement ses électeurs à l'imiter. Comme prévu, un communiqué d'Europe Écologie Les Verts appelait à voter pour DSK. Nicolas Dupont-Aignan, sollicité par de nombreux journalistes, et interpellé par Nadine Morano sur le plateau de France 2, refusa d'indiquer son vote. « Mes électeurs sont, par définition, majeurs et vaccinés. Ils sont libres. Ce n'est pas à moi de les influencer. Aux deux derniers candidats en lice de les convaincre. » Morano avait hurlé à la « trahison », au « but contre son camp ». Dupont-Aignan lui rappela le fameux 11 février 2008 où parlementaires de l'UMP et du PS avaient permis de ratifier le traité de Lisbonne, qui reprenait la quasi-totalité d'un texte refusé par les Français par référendum trois ans avant. « La trahison, elle était là, Nadine Morano ! » Marine Le Pen, enfin, s'exprimerait le 1er mai, à l'occasion du traditionnel rassemblement du FN en l'honneur de Jeanne d'Arc. Mais tout indiquait qu'elle imiterait Dupont-Aignan, refusant de donner une consigne de vote et renvoyant dos à dos le président sortant et l'ex-directeur du FMI.

Bruno ne voyait pas, dans ces conditions, comment Nicolas Sarkozy pourrait demeurer à l'Élysée. Il fit tourner sa matrice de report de voix, un programme informatique qu'il avait conçu du temps où il travaillait avec Patrick Buisson. Le président ne pouvait guère espérer davantage que 47 %. Et le score risquait même d'être encore plus sévère. Il imagina ce qu'aurait pu être la campagne si DSK était apparu, comme l'avait prévu le conseiller occulte de Sarkozy, le "candidat des élites mondialisées". Évidemment, le suspense demeurerait.

L'intelligence de Strauss-Kahn avait été de comprendre qu'il fallait absolument éviter cet écueil. Et son génie avait été de recruter Anne-Sophie. DSK n'avait finalement pas promis grand-chose dans sa campagne. On pouvait entrevoir une certaine continuité avec Nicolas Sarkozy, puisque le traité de stabilité budgétaire serait ratifié. Mais le candidat socialiste était apparu comme le moins "eurolâtre", et avait démontré qu'il était davantage pragmatique que le président sortant, ce qui n'était pas un mince exploit.

Bruno minimisait sans doute certaines propositions de DSK : la mise au pas des enseignes d'hypermarchés, la mise en place de classe de goût dans les écoles ou la reconfiguration totale de la politique agricole, piliers de sa politique de l'identité française. À première vue, ces propositions apparaissaient comme des gadgets, mais, mises en œuvre ensemble, il s'agissait d'une réforme d'envergure. L'agriculture devait devenir l'équivalent, pour la France, de ce qu'était la production d'automobiles de luxe et de machines-outils en Allemagne. Il fallait, dans cet objectif, tourner le dos au productivisme, et miser sur la qualité, voire l'excellence. Évidemment, cette politique aurait des adversaires résolus. La FNSEA, bien entendu, mais aussi le très populaire Michel-Édouard Leclerc, Carrefour, Auchan et tous les avocats de la course aux prix bas.

Bruno Talanski ressentait l'envie d'échanger sur cette campagne avec Anne-Sophie. Il se souvenait de ce que Zemmour lui avait dit au téléphone lorsqu'il travaillait en Russie. Petit à petit, l'impression de trahison laissait place à une admiration devant le travail accompli. Il prit son téléphone et entreprit la rédaction d'un texto. Il s'interrompit, effaça ce qu'il avait commencé à écrire, et reposa l'appareil. Il n'était pas encore prêt.

***

Chiant comme la pluie. Le face-à-face qui venait d'opposer Nicolas Sarkozy et Dominique Strauss-Kahn avait rejoint celui de 1995 dans l'histoire des seconds tours de l'élection présidentielle. À l'époque, déjà, les dés étaient jetés après le premier tour et les deux candidats s'étaient plus ou moins mis d'accord sur une courtoise opposition sans passion. C'est Nicolas Sarkozy qui avait le choix. Soit il empruntait la stratégie de Lionel Jospin, dix-sept ans plus tôt, soit il jouait son va-tout comme Ségolène Royal en 2007. DSK s'adapterait à la situation, jouant en défense et, si le besoin s'en faisait sentir, en contre-attaque.

Comme Anne-Sophie l'avait prévu, le président sortant choisit la première option. Sarkozy savait qu'il avait déjà perdu et il ménageait sa place dans les livres d'histoire. Il insista sur le rôle qu'il avait eu lors de la gestion de la crise de 2008, DSK se payant le luxe d'abonder dans ce sens, rendant hommage au président sortant. Les deux protagonistes ne souhaitèrent pas commenter les propos de Nadine Morano qui, la veille, avait pilonné DSK sur l'affaire du Carlton de Lille, désobéissant sciemment aux consignes de Nicolas Sarkozy. Les dés étaient déjà jetés. Le président sortant avait même limité le nombre de ses meetings d'entre-deux-tours. Au moins ne serait-il pas épinglé par la commission des comptes de campagne pour dépassement du plafond des dépenses électorales.

***

La Bastille était déjà en fête. Depuis une heure, la France savait qu'elle avait un nouveau président. À vingt heures, le visage de Dominique Strauss-Kahn était apparu sur les écrans. Obtenant 53,9 à 54,3 des suffrages selon les instituts, le nouveau président était aussi confortablement élu que François Mitterrand en 1988, et davantage que Nicolas Sarkozy en 2007.

Peu après dix-huit heures, Anne-Sophie était entrée dans le bureau de DSK accompagné de Stéphane Rozès et de Pierre Moscovici pour lui annoncer qu'il était le nouveau président de la République. Bruno Talanski, assis devant son téléviseur, saisit son téléphone et sélectionna "ComtesseAlexandra". Il écrivit : « Dans une demi-heure, je serai au café des Officiers. » Il pressa sur la touche “Envoyer”. Et attendit.

***

Anne-Sophie Myotte venait de quitter le bureau de DSK, alors qu’ils venaient de mettre la dernière main au discours que le nouveau président prononcerait à la Bastille, et sentit son portable vibrer dans la poche de sa veste. Pour la première fois depuis des mois interminables, “AmantDeDroite” était inscrit sur l’écran de l’appareil. Elle consulta le message et répondit sans trop réfléchir : « J’y serai. »

***

Dominique Strauss-Kahn avait pris la parole à la Bastille. Derrière lui, Anne Sinclair, Pierre Moscovici, Jean-Christophe Cambadélis, Christophe Borgel, Jean-Marie Le Guen, Gilles Finchelstein, Martine Aubry, Ségolène Royal, Manuel Valls et même Arnaud Montebourg étaient sagement alignés. Anne Hommel se tenait en retrait, mais contrairement à l’habitude prise pendant la campagne, elle était seule, sans cette grande brune aux cheveux longs qui avait, disait-on dans les rédactions, inspiré la campagne du nouveau président. « Mais où est donc Anne-Sophie ? » avait interrogé ce dernier alors qu’Anne Hommel lui avait remis le texte du discours. D’une expression du visage, la conseillère en com’ lui fit comprendre qu’elle n’en savait rien. Myotte s'était éclipsée après avoir consulté son téléphone portable et on ne l'avait plus revue.

Ils n'avaient pas beaucoup parlé, au café des Officiers. Ils avaient bu. Ils s'étaient beaucoup regardés. Et Anne-Sophie lui avait dit : « Viens avec moi. » Ils avaient pris un taxi. Anne-Sophie avait donné une adresse au chauffeur mais Bruno n'avait pas entendu. Quand le taxi passa dans le quartier où Bruno résidait, il se demanda si sa maîtresse n'avait pas déjà, avant même que l'homme qu'elle conseillait soit devenu le chef de l'État, des rapports de police sur son bureau lui signalant où il vivait désormais. Mais il comprit très vite où elle l'emmenait.

Le taxi s'était arrêté devant le QG de campagne de DSK. Elle l'avait pris par la main. Ils étaient montés à l'étage où se tenait son bureau, ainsi que celui du candidat. L'étage était désert. Tout le monde était à la Bastille. Pour la première fois de la soirée, elle l'avait embrassé. Elle l'avait entraîné dans son bureau. S'était allongée sur la table de travail. Il avait passé les mains sous sa robe et avait retiré sa culotte. Il s'était défait et l'avait prise. Anne-Sophie fermait les yeux. Les mains de Bruno tenaient ses cuisses gainées de bas Dim up. La tête de la jeune femme heurtait parfois le clavier de l'ordinateur, sur lequel elle avait rédigé le discours que le nouveau président de la République française prononçait au même moment, à quelques hectomètres de là.

***

Ne m'appelez plus jamais France
La France, elle m'a laissé tomber
Ne m'appelez plus jamais France
C'est ma dernière volonté.

Sur la plage de Djerba, Anne-Sophie écoutait Michel Sardou en boucle sur son MP3, tout en lisant *Le Maître des hirondelles*, la dernière aventure du prince Malko Linge. « Je n'ai vécu qu'avec des socialistes parisiens pendant six mois, il faut me comprendre », avait-elle expliqué à Bruno, qui lui avait fait remarquer que le cocktail Sardou-Gérard de Villiers ne constituait pas *a priori* une consommation raisonnable de la part d'une future conseillère à la présidence de la République. Une pensée traversa son esprit. Pouvait-elle être devenue la cible d'un photographe, fournisseur de presse *people* ? Non. Personne ne connaissait sa destination.

L'avant-veille au soir, après leur chaude étreinte dans le QG de DSK, le couple avait rejoint la Bastille. Anne-Sophie avait présenté Bruno au président élu et à son épouse. Pour la première fois depuis qu'il l'avait rencontrée dans un café de la Grand-Place de Bruxelles, un an auparavant, DSK avait cru voir dans les yeux de sa conseillère stratégique autre chose que du calcul politique, de l'analyse froide. C'est elle qui tenait la main de l'homme qui l'accompagnait, avec le regard d'une adolescente de seize ans qui vient de découvrir ses premiers émois. « Partez en vacances, Anne-Sophie. Et revenez-moi dans une semaine.

Je vais avoir besoin de vous pendant les cinq prochaines années. Très près de moi. » Anne-Sophie avait compris. Elle s'installerait donc dans le bureau occupé pendant cinq ans par Henri Guaino, un homme pour lequel elle avait le plus grand respect. Et elle avait obéi. Ils étaient rentrés chez elle. Ils avaient refait l'amour et ils avaient ensuite prospecté sur les sites de voyages à prix dégriffés.

Dans l'avion, Anne-Sophie s'était interrogée. Anne Sinclair, qui avait entendu sa conversation avec DSK, intriguerait-elle pour l'écarter de l'entourage présidentiel ? Depuis quelques semaines, elle avait compris que la célèbre épouse de Strauss-Kahn ne la regardait plus comme une amie. Depuis que l'élection était acquise, en fait. Anne-Sophie était restée une alliée tant que la journaliste pensait que, conseillé ainsi, DSK avait toutes les chances d'accéder à l'Élysée. L'expérience politique de l'ancienne présentatrice de « Sept sur sept » lui avait permis, dès le début, de comprendre que la stratégie impulsée par la jeune conseillère constituait un excellent choix. Mais, aussitôt élu, elle n'imaginait pas que DSK puisse mettre en œuvre toutes ces balivernes anti-européennes et néo-pétainistes. Anne Sinclair n'avait pas pardonné à son époux cette histoire du Carlton. Elle ne supporterait pas de subir aussi l'image d'un mari dont le cerveau serait piloté par une femme dont les idées se situaient aux antipodes des siennes.

D'une certaine manière, Anne-Sophie n'avait pas tort de s'inquiéter. Dès le lundi matin, Anne Sinclair avait interrogé DSK sur la composition de son équipe à l'Élysée. « J'imagine que Gilles sera ton conseiller spécial. » « Non. Finchelstein pilotera avec Anne Hommel la cellule communication-presse. Le bureau de Guaino sera occupé par Anne-Sophie Myotte. » DSK n'avait pas flanché. Il ne jetterait pas celle qui lui avait permis de devenir président de la République. Sinclair avait tenté : « Nomme-la conseillère économique. Elle surveillera Moscovici. Cela lui fera plaisir. » Mais c'était peine perdue. DSK avait décidé. Et Anne Sinclair avait tourné les talons. Furieuse. Elle avait tenté de mobiliser le ban et l'arrière-ban de l'entourage strauss-kahnien. En vain. Personne ne voulait risquer de perdre ce que le nouveau roi lui avait fait miroiter. Anne Sinclair avait alors compris que si une épouse de candidat pouvait avoir de l'influence, l'avis de la reine de France, en revanche, ne pesait pas grand-chose en Vᵉ République.

CHAPITRE VI

Anne-Sophie s'assit sur le fauteuil qui avait été occupé pendant cinq ans par Henri Guaino. Jusqu'au dernier moment, elle avait eu des craintes. Anne Sinclair avait mobilisé quelques relais dans la presse, déclenchant une polémique. À quoi servait-il d'avoir voté DSK si une "Guaino en jupon" occupait le même bureau que l'auteur controversé du discours de Dakar ? Le plus piquant – mais aussi le plus ridicule – c'est que l'expression "Guaino en jupon" était reprise dans des cercles où l'on n'hésitait pas à dénoncer le sexisme toute la journée. Le féminisme est un concept à géométrie variable, selon les accointances politiques. Mais Anne-Sophie n'en avait cure. Tout cela la faisait bien rire. Elle avait gagné. Elle était là, et elle avait commencé à jouer un rôle.

Elle avait beaucoup échangé avec le président à propos du choix du Premier ministre. DSK hésitait encore. La solution Ayrault le séduisait. Mais comme lui faisait remarquer Anne-Sophie, c'était la campagne électorale qui, en Ve République, décidait du premier hôte de Matignon d'un mandat présidentiel. Dès lors, c'était Manuel Valls qui s'imposait logiquement. Anne-Sophie avait eu de bonnes relations avec le député de l'Essonne pendant la campagne électorale. Elle lui connaissait un grand sens politique, et avait apprécié ses qualités de communicant. De surcroît, malgré ses origines politiques jospino-rocardiennes, il avait des réflexes chevènementistes sur les sujets régaliens et savait aussi faire preuve d'une relative plasticité sur le thème européen. DSK avait écouté Anne-Sophie. Il avait aussi retenu la suggestion de nommer Ségolène Royal au ministère de l'Intérieur. Matignon et Beauvau ne constituaient pas un maigre bilan de ses premières influences.

Sur le téléviseur, placé face à la nouvelle conseillère spéciale, Jean-Jacques Urvoas, nouveau secrétaire général de l'Élysée, annonçait la composition du premier gouvernement de Manuel Valls. Trois ministres d'État avaient été nommés : Royal à l'Intérieur, Fabius au Quai d'Orsay et Martine Aubry à la Culture et à la Communication, ministère dont elle rêvait depuis longtemps. Comme prévu, Moscovici était à Bercy, Peillon à l'Éducation nationale, Marisol Touraine aux Affaires sociales. Jean-Marc Ayrault était nommé au Travail, Arnaud Montebourg s'installait au ministère de la Justice, Jean-Marie Le Guen à l'Agriculture, Najat Vallaud-Belkacem était chargée de la

Jeunesse, des Sports et de la Ville, Nicole Bricq héritait de l'Écologie et des Transports, Sylvia Pinel représentait les radicaux de gauche au ministère du Logement. À la Défense, enfin, DSK avait nommé Jean-Yves Le Drian. D'autres ministres délégués, de moindre importance, complétaient la liste parmi lesquels Michel Destot à l'Enseignement supérieur et à la Recherche et Barbara Pompili qui représentait les écologistes à la Santé. À l'Élysée, à part Anne-Sophie et Urvoas, DSK avait nommé François Villeroy de Galhau directeur de cabinet. Parmi les conseillers d'importance, Anne-Sophie connaissait peu Louis Gauthier qui était chargé de la Défense. Elle savait aussi qu'elle devrait cohabiter avec Michel Aglietta, qui suivrait les dossiers économiques et dont elle ne partageait pas l'"europhilie".

Anne-Sophie avait tenu à rencontrer l'homme qui l'avait précédée dans ce bureau. Leur échange avait été cordial. Elle avait longuement écouté Henri Guaino qu'elle admirait surtout pour avoir travaillé au discours de Philippe Séguin lors de la nuit du 5 au 6 mai 1992 à l'Assemblée nationale à l'occasion des débats de la révision constitutionnelle préalable à la ratification du traité de Maastricht. Un grand discours. Tout y était. Certes, Henri Guaino ne semblait pas partager l'analyse d'Anne-Sophie sur le destin de l'euro. Même s'il avait été un farouche opposant de la création de la monnaie européenne, il voyait plus d'inconvénients que d'avantages à son explosion.

Pour la nouvelle conseillère spéciale, la fin de l'euro était inéluctable et il valait mieux l'organiser en ordre que la subir dans le désordre. Elle savait que le président n'était pas dans ces dispositions d'esprit. Moscovici et Aglietta avaient d'ailleurs été nommés pour sauver la monnaie unique. Elle ne pouvait compter, pour imposer à DSK cette solution de bons sens, que sur un seul allié. Le temps. Et il n'était pas venu.

***

Bruno Talanski était heureux. Depuis plusieurs semaines, il vivait chez Anne-Sophie. Il travaillait désormais avec Stéphane Rozès, qu'il avait rencontré lors d'un repas organisé par Anne-Sophie avec l'équipe qu'elle avait constituée pendant la campagne électorale de DSK. Ce n'était pas du goût de son ancien employeur, Patrick Buisson. Le conseiller occulte de Nicolas Sarkozy n'avait pas pardonné. Pour lui, Bruno persistait et signait dans la trahison. Le dialogue téléphonique avait été violent :

« Tu es un traître. Maintenant, tu travailles pour Rozès et tu couches avec celle qui a volé notre victoire. Tu m'écœures.

— Elle n'a rien volé du tout. Elle a fait comme toi. Elle s'est battue contre ceux qui conseillaient un autre discours à DSK. Elle a gagné. Toi, tu as perdu contre Giacometti.

— À qui la faute ? Elle savait ce que nous faisions. Parce que tu lui racontais tout. Je vais tout balancer à la presse. J'aurais pu fermer ma gueule. Mais là, que tu t'affiches avec elle et que tu bosses pour ce connard de Rozès, je ne peux pas te le pardonner.

— Tu ne vas rien balancer du tout, Patrick. Parce qu'à ce jeu-là, tu seras perdant.

— Quoi ? T'es un minable. Tu ne pèses rien dans ce milieu. Tu veux leur raconter quoi ?

— Réfléchis bien.

— …

— Tu veux que je balance que tu enregistres toutes tes conversations, y compris peut-être la nôtre en ce moment ? Tu veux que Sarkozy l'apprenne ? Fais gaffe, Patrick. C'est vrai, j'ai été trop bavard. Mais moi, j'avais au moins l'excuse d'être amoureux. À coté de tes méthodes, excuse-moi, ce n'est pas grand-chose. Alors si tu veux jouer, je jouerai. À toi de voir.

— T'es une merde, Talanski.

— Oui, c'est ça. *Adios amigo.*

Bruno n'était pas particulièrement fier de lui en coupant la conversation. Il savait qu'il avait été trop bavard avec Anne-Sophie et il se souviendrait longtemps de la profonde dépression dans laquelle il avait été plongé. Mais il connaissait aussi les méthodes de Buisson. En travaillant pour lui, et pour Sarkozy *de facto*, il avait baigné pendant des mois dans un océan de cynisme. Si ces gens avaient pu placer une taupe dans l'équipe de DSK, ils n'auraient pas hésité une seconde. Lui n'avait pas été une taupe.

Il avait seulement été imprudent. Il était aussi persuadé qu'Anne-Sophie pourrait jouer un rôle auprès du nouveau président. Buisson ne parlait que de la France éternelle toute la journée, mais de quel bilan pouvait-il s'enorgueillir sur le dernier quinquennat ? Des discours, rien que des discours. Déjà, Anne-Sophie négociait discrètement avec Frigide Barjot, égérie des opposants au mariage homosexuel. Avec l'aide de la ministre de l'Intérieur Ségolène Royal, qui craignait une forte mobilisation contre le projet, elle avait convaincu DSK qu'il fallait passer le texte le plus vite possible, de préférence pendant l'été, et d'en limiter la portée. Elle avait compris aussi que "la Barjot" avait le vent en poupe parmi les opposants à la réforme du mariage ; qu'à l'heure des réseaux sociaux et des chaînes d'info, cette communicante efficace aux allures fofolles serait sans doute la seule à mobiliser bien au-delà des cercles réactionnaires habituels. C'était avec elle qu'il fallait négocier.

Tout s'était passé dans le bureau d'Anne-Sophie. Barjot protestait contre la volonté de la conseillère de vouloir faire passer le vote pendant les vacances d'été. « C'est déloyal ! » Anne-Sophie avait répliqué : « Les ultras de l'autre camp seront aussi en vacances, et ce n'est pas avec eux que je négocie en ce moment. » Elle avait ensuite expliqué que le souhait du président n'était pas de provoquer un débat qui occupe la scène pendant des mois. Qu'il avait des dossiers plus urgents à traiter ; qu'il savait que ce genre de polémique diviserait profondément la société française quand il fallait au contraire la rassembler ; qu'il souhaitait néanmoins respecter sa promesse électorale tout en veillant bien à ne pas provoquer inutilement. Barjot avait été sensible à ce discours.

L'opération avait été rondement menée. Une grande manifestation avait eu lieu fin juin, quelques jours après le second tour des élections législatives, lesquelles avaient donné une majorité confortable au PS. Pour une fois, les chiffres du préfet de police étaient très proches de ceux des organisateurs. Royal était dans la combine. Et le président avait alors lâché la concession que Barjot réclamait et qui avait déjà été négociée avec Anne-Sophie. Il y aurait le mariage, et il y aurait l'adoption. Mais la procédure d'adoption serait simple et non plénière. Ainsi, on ne toucherait pas à la filiation et on fermait la porte aux revendications sur la PMA et la GPA. Martine Aubry avait fait de la résistance, ainsi que Jean-Christophe Cambadélis. Les mouvements LGBT[5] vitupéraient.

De l'autre côté, certains opposants au mariage homosexuel avaient renié Frigide Barjot et organisèrent une nouvelle manifestation à la rentrée, laquelle connut peu de mobilisation. L'affaire était dans le sac. Bruno avait assisté en direct au triomphe discret de sa maîtresse. Mais Anne-Sophie était une éternelle insatisfaite. Elle s'énervait davantage de ses batailles perdues qu'elle se glorifiait des combats gagnés. Ainsi, elle aurait souhaité que DSK

5- *Lesbiens, Gays, Bisexuels, Transgenres.*

n'abandonne pas l'exonération d'impôts des heures supplémentaires, mesure emblématique du quinquennat précédent. Elle avait expliqué au président que cette décision était prise pour deux mauvaises raisons : un sentiment de revanche, d'abord – ce qui ne collait guère avec l'esprit de rassemblement –, et ensuite pour complaire aux oukases bruxellois en matière budgétaire. Mais Moscovici avait gagné l'arbitrage. Elle était furieuse. C'est Bruno qui lui avait fait entendre raison. « Tu ne gagneras pas à tous les coups. En plus, tu cèdes au péché d'orgueil parce que c'est ton vieil ennemi Mosco. Ne te braque pas. Cette histoire d'heures sup, c'est *peanuts* à côté de tout ce que tu as déjà fait et que tu vas encore faire. »

Bruno était heureux. Il avait même de l'influence politique sur sa ComtesseAlexandra, désormais.

***

Ils étaient restés scotchés devant leur téléviseur toute la nuit. Anne-Sophie n'avait pas profité de cette soirée du dimanche au lundi pour récupérer de son habituelle très éprouvante semaine de travail à l'Élysée. Mais le spectacle auquel elle assistait en compagnie de Bruno, zappant entre BFMTV et iTÉLÉ, réunissait davantage d'ingrédients que la meilleure série américaine.

Spectacle à la fois hallucinant, passionnant et consternant. Jean-François Copé et François Fillon revendiquaient tous les deux la victoire à l'élection du président de l'UMP. C'est l'ancien Premier ministre qui l'avait annoncé le premier, grillant la politesse au secrétaire général en place. Ce dernier, contestant la régularité de plusieurs bureaux de vote niçois, avait annoncé sa victoire vingt minutes plus tard. Vers une heure du matin, François Fillon était arrivé au siège de l'UMP et avait pris possession du bureau présidentiel accompagné des caméras, et du président de la COCOE, instance d'arbitrage qui supervisait l'organisation de l'élection. Copé avait hurlé au putsch. Il avait annoncé sa décision de déposer plainte. Une scission s'opérait sous les yeux de toute la France ébahie. Bruno, qui connaissait très bien les rouages de l'appareil UMP, apportait à la conseillère du président un éclairage utile.

Cette crise sans précédent du parti principal de l'opposition aurait au moins le mérite de permettre au gouvernement de travailler tranquillement. Pendant plusieurs semaines, les scissions du parti, du groupe parlementaire, les tentatives de médiation menées par Alain Juppé, Nicolas Sarkozy, Jean-Pierre Raffarin et même Bernadette Chirac rythmèrent la vie politique française. Ce fut finalement la dame aux pièces jaunes qui convainquit Jean-François Copé de réintégrer l'UMP après avoir obtenu de François Fillon la garantie d'une élection primaire loyale en 2016 et la mise à l'écart de Christian Estrosi et Éric Ciotti de la présidence du groupe parlementaire pour l'un et du secrétariat général pour l'autre.

Pour Bruno, l'image du putschiste collerait longtemps à la peau de François Fillon. Il avait beau avoir désormais l'appareil en main, cet aspect serait décisif lors de la future primaire dont l'organisation lui échappait désormais complètement. Quinze ans plus tôt, une telle manœuvre serait passée comme une lettre à la Poste. L'histoire des partis de droite était jalonnée de coups de force, de la prise de contrôle de l'UDR en 1974 par Chirac au trafic des scores lors de la bataille homérique de 1990 entre le duo Pasqua-Séguin et la direction Chirac (encore lui !) - Juppé. Désormais, à l'heure des chaînes d'info continue et des réseaux sociaux, tout se faisait à ciel ouvert et subissait une accélération déconcertante. Pour l'opinion en général, et l'électorat de droite en particulier, l'image du général Tapioca collait désormais à celle de l'ancien Premier ministre, que même sa sage raie sur le côté ne permettait pas d'atténuer.

Copé, dont certains partisans avaient été pourtant convaincus de bourrages d'urne, avait réussi à endosser l'habit de la victime, statut appréciable dans la France de 2013. Dans toutes les études, le député-maire de Meaux devançait ses concurrents et se plaçait en pole position pour la future primaire. Et dire que ce soir-là, vers onze heures, Sébastien Huyghe et Nadine Morano l'exhortaient à se proclamer président de l'UMP et à s'installer dans le bureau... Lorsque François Fillon avait employé cette méthode deux heures plus tard, il avait regretté de ne pas avoir écouté ces conseils. Mais aujourd'hui, il bénissait d'avoir préféré la stratégie de victimisation, plus en phase avec les nécessités de la vie politico-médiatique de l'époque. D'autant que l'organisation d'élections primaires pour désigner les candidats des deux principales formations politiques rendait dorénavant secondaire la maîtrise des appareils partisans.

***

Le feuilleton de la droite se poursuivait mais les résultats économiques du gouvernement n'étaient pas fameux, ce que les électeurs de Dominique Strauss-Kahn n'ignoraient point. Anne-Sophie Myotte était entrée depuis quelques semaines dans un dialogue permanent avec le président. Pour elle, Angela Merkel serait reconduite chancelière par les électeurs allemands et il faudrait, dès l'installation de son nouveau gouvernement à l'automne, entrer en confrontation avec elle. DSK croyait encore à la possibilité de victoire des sociaux-démocrates, et donc à la possibilité de faire évoluer la gestion de l'euro dans un sens plus accommodant, d'une part, et à une relance de la consommation allemande, d'autre part. L'influence de Pierre Moscovici et de Michel Aglietta demeurait décisive même si l'écoute de DSK n'était pas feinte. Anne-Sophie ne le lâcherait pas. Elle était non seulement certaine que Merkel resterait chancelière, mais que la France se heurterait à son intransigeance et à celle du puissant ministre des Finances, Wolfgang Schaüble. DSK serait-il prêt à la confrontation ? Saurait-il prendre la décision qui s'imposait alors ? Si Anne-Sophie n'avait pas eu la sensation qu'il en était capable, elle aurait déjà rendu son tablier.

***

Dominique Strauss-Kahn était désormais célibataire. Début novembre, Anne Sinclair lui avait annoncé sa volonté de mettre fin à leur vie commune. L'affaire du Carlton de Lille l'avait profondément blessée. Elle aurait pu à la limite pardonner cet écart. Mais une autre femme prenait trop de place dans la vie de son mari. Anne-Sophie Myotte ne couchait pas avec lui. Anne Sinclair en était quasi-certaine. Elle aurait sans doute préféré qu'il entretienne une liaison purement sexuelle avec cette jeune femme plutôt que de le voir écouter ses conseils politiques. Pour la journaliste, cette fille avait pris possession du cerveau de son mari et c'était beaucoup plus grave. Tant qu'il s'agissait de prendre le pouvoir, elle l'avait volontiers accepté et même encouragé. Lui donner un rôle central à la présidence, elle ne comprenait pas. Elle ressentait alors davantage de jalousie. Logique. DSK admirait Anne-Sophie Myotte et ne le cachait même pas. Inacceptable pour Anne Sinclair.

Le président avait accueilli la décision de son épouse avec incompréhension. C'était la première fois depuis des années – depuis toujours, même – qu'il « se tenait tranquille », comme il l'avait confié à Pierre Moscovici. Et c'était à ce moment-là que son épouse le quittait. Sa peine était réelle, mais il n'avait guère le temps de s'apitoyer sur son sort. Entre la guerre au Mali et la situation économique du pays qui se dégradait, toute son énergie était concentrée sur la mission qui lui avait été confiée par les Français. Adepte de la méthode Coué, Pierre Moscovici lui répétait qu'il fallait tenir six mois, afin que Sigmar Gabriel prenne la succession de Merkel en Allemagne. Alors, la politique allemande serait infléchie et modifierait la donne européenne.

Myotte, de son côté, expliquait que le SPD n'avait aucune chance d'arriver en tête des élections générales allemandes. Merkel pourrait à la limite être contrainte de former une grande coalition avec les sociaux-démocrates mais elle continuerait d'être l'interlocutrice de la France. « Que ferez-vous alors, lorsque, alliée à la Commission, elle vous rappellera les engagements de la France en matière de déficit et de dette ? Si vous cédez, votre mandat est terminé. » Anne-Sophie avait raison. Mais quelle était l'alternative ? Provoquer une crise européenne, qui pourrait aboutir à la dissolution de la zone euro ? C'était à l'évidence ce que souhaitait sa conseillère spéciale. Mais cette option lui apparaissait comme un saut dans le vide. Céder à Merkel lui semblait être la solution la moins pire. Et faire semblant, comme ses prédécesseurs. François Mitterrand n'avait-il pas expliqué qu'après lui « il n'y aura[it] plus que des gestionnaires » ?

***

Bruno Talanski et Éric Zemmour étaient attablés dans la brasserie habituelle du boulevard Haussmann, à proximité des bureaux du *Figaro*. Ils avaient repris leurs vieilles habitudes, confrontant leurs analyses respectives de la situation politique française. Le journaliste faisait aussi relire à Bruno les chapitres de son prochain livre. C'était peu dire qu'il ne partageait pas toutes les conclusions de son ami. « Tu acceptes le terrain de tes adversaires idéologiques et cela te mène à l'excès. », lui avait-il expliqué. Mais Zemmour n'en démordait pas. Bruno pensait que son ami devenait petit à petit prisonnier de son propre personnage médiatique, de l'engouement qu'il suscitait chez ses partisans et, plus encore, de la détestation qu'il provoquait de l'autre côté.

« Tu peux continuer de me faire lire tes chapitres mais je ne te donnerai désormais que des conseils de pure forme. Je t'ai tout dit sur le fond. Cela ne me plaît pas. J'ai de plus en plus de mal à te reconnaître.

— Comme tu veux, Bruno. Mais tu es trop naïf. L'Histoire est tragique et la France est un pays de guerre civile. Cela finira comme ça. Dans le sang. »

Bruno n'avait pas envie de continuer cette discussion sans fin. Et il ne souhaitait pas perdre l'amitié de celui qui l'avait tant aidé psychologiquement à un moment décisif de sa vie. Il changea de sujet.

« Et la guerre Fillon-Copé, elle est terminée ?

— Cela va se poursuivre. Bernadette a bien joué la conciliation mais ce n'est que provisoire. Quand la primaire va être lancée, il va y avoir du sang sur les murs. Et c'est Marine Le Pen qui en profitera.

— Et Sarkozy, tu penses qu'il va revenir ?

— Non. Il n'a plus le feu sacré. Je pense que Bernadette n'a pas renoncé à le faire changer d'avis, mais il est passé à autre chose.

— Et DSK, tu en penses quoi ?

— Tu connais mieux le sujet que moi, désormais. »

Éric Zemmour avait dit ça l'œil rieur, à voix basse.

« Justement, on ne voit pas si bien que ça, de près. Je voudrais profiter de ton rapport distancié aux socialistes.

— D'un côté, il tient sa promesse sur le rassemblement. Le débat politique est moins hystérique que quand Sarkozy était au pouvoir. Mais c'est mou. Il ne fait pas grand-chose. On dirait Chirac.

— Ce n'est pas faux.

— L'affaire du mariage a été un modèle de chiraquisme, mi-chèvre mi-chou.

— C'est Anne-Sophie qui a géré l'affaire. Je ne sais pas si elle apprécierait le compliment.

— Elle a évité les grosses manifs et elle a mécontenté les ultras de son camp, ce n'est pas mal, comme bilan. Mais les juges européens finiront par donner raison à ceux qui veulent la PMA et la GPA, et là, beaucoup de gens se sentiront trahis.

— On n'en est pas là. Anne-Sophie n'a pas fait preuve de duplicité. Elle ne cherchait pas à gagner du temps. Elle est réellement opposée à tout ça.

— Je te crois mais, en fait, elle a gagné du temps. C'est tout. Et sur les sujets économiques, elle avance ?

— Elle travaille DSK au corps. Elle enrage à chaque fois qu'elle perd un arbitrage. Elle a déjà failli démissionner trois fois. Heureusement que je suis là, finalement.

— Pourquoi tu l'empêches ? DSK ne fera rien. Il continue la politique de Bruxelles. C'est comme avec Guaino.

— Je pense qu'elle peut encore le convaincre d'aller au mastic face à Merkel après les élections en Allemagne.

— Si tu vas au mastic contre Merkel, c'est comme la dissuasion nucléaire. Cela ne sert à rien de menacer si l'autre n'est pas convaincu que tu peux appuyer sur le bouton.

— Anne-Sophie, elle, souhaite appuyer sur le bouton.

— La fin de l'euro ?

— Oui, elle a toujours pensé que ça finira comme ça et qu'il vaut mieux l'organiser.

— Elle ne convaincra jamais DSK de faire ça. Tu te berces d'illusions.

— Je prends les paris.

— Tenu ! Quel est l'enjeu ?

— Si je gagne, tu me laisses faire toutes les corrections que je veux dans ton bouquin.

— Tu n'as aucune chance ! Et moi, j'obtiens quoi si je gagne ?

— Une caisse de Drappier. Le champagne du Général ! En mai 2017. Ou avant, si Anne-Sophie laisse tomber. »

Éric Zemmour avait tapé dans la main de Bruno.

***

Vincent Peillon pensait sérieusement à la démission. Dominique Strauss-Kahn, qui l'avait reçu en cette après-midi de printemps, était demeuré inflexible. Sa grande réforme des rythmes scolaires était désormais réduite à la portion congrue. Les enfants continueraient de sortir à seize heures trente. Les activités culturelles et sportives qu'il voulait tant faire dispenser aux élèves l'après-midi seraient assurées par les instituteurs et non dans le cadre d'activités périscolaires, financées et organisées par les communes. DSK lui avait fait valoir que l'État n'avait pas à déléguer aux communes sa mission culturelle. Qu'il était très difficile et très coûteux pour des milliers de communes d'organiser des activités culturelles et sportives, notamment afin de recruter des personnels pour quelques heures par semaine, alors qu'il était si simple de laisser cette mission à des professeurs formés et rémunérés par l'État. Vincent Peillon avait avancé un autre argument qu'il pensait décisif :

« Mais avec ce système, on laisse la semaine de quatre jours, que tous les spécialistes jugent harassante !

— C'était une connerie de Sarkozy, je te l'accorde. Tu peux revenir dessus si ça te chante. Mais tu laisses les autres jours à 16 h 30. C'est à cette heure-là que finit la mission de ton ministère, pas à 15 h 30.

— Mais les syndicats d'instituteurs n'accepteront jamais !

— Ils travaillaient ainsi avant 2008, non ? Et en plus, les syndicats dont tu me parles étaient opposés à la réforme sur les quatre jours. Tu peux leur faire valoir cet argument.

— Dominique, tu sais très bien que cela ne se passe pas comme ça. C'est impossible.

— Tu peux largement le faire passer dans l'opinion.

— Je ne le ferai pas. Donc, ma réforme devient une coquille vide. Les chronobiologistes vont se répandre dans tous les studios et sur tous les plateaux de télé.

— Écoute, Vincent ! Tu peux aussi aller à la télé et dire aux parents qu'ils couchent leurs gosses un peu plus tôt le soir. Cela contribuera largement à réduire leur fatigue. Bien davantage que ton usine à gaz. Ma priorité, ce sont les classes de goût ! Où en es-tu ? Qu'as-tu mis en place avec Le Guen et les agriculteurs ?

— On aurait pu faire ça dans le cadre des activités périscolaires. C'est là-dessus que je partais avec Le Guen.

— Je souhaite que cela soit une mission de l'État. Les élèves doivent savoir lire, écrire, compter et s'alimenter, sans être influencés par la publicité. C'est mon engagement électoral. Et j'y tiens. Tu respectes la feuille de route ou tu t'en vas. »

Dans la voiture qui le ramenait rue de Grenelle, il s'adressa à son chauffeur et confident : « Je pense sérieusement à partir. J'en ai marre de cette petite conne. Elle tire les ficelles. Il ne veut pas de mes nouveaux rythmes scolaires, alors il n'aura pas ses classes de goût. Je vais traîner les pieds. Le Guen est d'accord avec moi sur cette Myotte. Et l'an prochain, je retournerai au Parlement européen, si cette connasse n'a pas d'ici là convaincu le président qu'il faut quitter l'Union européenne ! »

***

Le président s'interrogeait. L'été approchait et, plus que jamais, il pressentait que son espoir de voir les sociaux-démocrates allemands prendre le pouvoir outre-Rhin s'envolait. La situation de l'emploi était loin de s'améliorer en France, et elle était catastrophique en Espagne, au Portugal, en Italie et en Grèce. Même si Mario Draghi, le gouverneur de la banque centrale européenne, tentait adroitement de contourner les traités et agaçait considérablement Berlin, le niveau de l'euro était encore trop haut et ne permettait pas de relancer la croissance dans la zone monétaire.

À l'Élysée, son conseiller Michel Aglietta soutenait le ministre Pierre Moscovici et sa politique de respect des engagements européens de la France. « Nous avons mis fin à la crise de l'euro. La monnaie européenne est sauvée » claironnait le ministre de l'Économie et des Finances sur les plateaux de télévision et dans les réunions à l'Élysée, ce qui avait le don d'énerver passablement le président. La dernière fois, il avait repris sèchement Moscovici : « Nous n'avons rien sauvé du tout. Nous avons dit oui à Merkel, comme Sarkozy, et nous avons gagné du temps. Nous sommes dans la zone monétaire où la croissance est la plus faible dans le monde et monsieur le ministre de l'Économie est content ! Cela leur fait de belles jambes à ceux qui écoutent tes manifestations d'autosatisfaction devant leurs postes de télé. Le chômage augmente, la dette aussi alors que toute notre politique est basée sur des traités qui exigent que nous la réduisions, et le ministre est content. Tu vas en voir le résultat aux élections municipales l'an prochain, du sauvetage de l'euro. Et aux élections européennes, lorsque Le Pen sera en tête chez nous et ses clones partout en Europe. »

Moscovici avait laissé passer l'orage. Il n'avait vu, dans cette algarade, qu'une manifestation de mauvaise humeur passagère. Il refusait de croire que son ami, qu'il connaissait depuis des années, puisse sérieusement réfléchir à la fin du rêve européen. Lui-même était conscient également que l'Union européenne devait s'engager dans une politique de croissance. Il croyait dur comme fer à une prise de conscience collective à l'occasion des élections européennes, sous la pression, justement, de la montée des populismes. Il n'avait jamais pris au sérieux l'entretien accordé au *Monde* peu avant le deuxième tour de la présidentielle par DSK, lequel reconnaissait qu'un débat sur l'euro devait avoir lieu en France. Les billevesées de Myotte, comme il disait. DSK ou même Royal et Valls pouvaient penser que ses déclarations avaient pu être utiles pour empêcher un report plus grand des voix du FN sur Sarkozy. Il n'y croyait pas une seconde. Quant à penser qu'une fois au pouvoir, un grand débat sur l'existence même de l'euro puisse avoir lieu en France, cela ne faisait tout simplement pas partie de son univers mental. De fait, aussitôt l'élection passée, les rédactions, notamment des journaux de gauche, continuaient à assimiler à Marine Le Pen toutes les voix qui remettaient en cause le bien-fondé d'une monnaie unique européenne. Tandis qu'en Allemagne ou en Italie, le débat était bien plus ouvert. En Allemagne, l'émergence d'un petit parti, l'AfD, qui prônait le rétablissement du mark, pouvait créer la surprise à l'automne et entrer au Bundestag. En Italie, le "mouvement cinq étoiles" de Beppe Grillo venait d'arriver en troisième position aux élections générales et quelques voix provenant de la coalition de Berlusconi prônaient ouvertement le retour à la lire.

Rien de tout cela en France, où la moindre intervention dans ce sens vous faisait passer pour un irresponsable au mieux, un séide lepéniste au pire. Pour débattre de l'euro, on invitait quatre partisans de son maintien et on faisait un reportage de cinq minutes dans lequel intervenaient Nicolas Dupont-Aignan et Florian Philippot, et puis *basta*. C'était à se demander, dans de telles conditions, comment 28 % des Français interrogés pouvaient être favorables au retour au franc. Tous ces gens étaient-ils vraiment favorables aux séismes et autres invasions de sauterelles qu'on leur promettait en cas de retour à la monnaie nationale ?

Dans la tête de Dominique Strauss-Kahn, le débat existait vraiment, en revanche. Il regrettait sérieusement qu'un véritable dialogue ne puisse avoir lieu dans le pays, qui lui aurait permis de faire valoir à Angela Merkel que la sortie était possible et que, de ce fait, pour sauver le projet européen, il fallait qu'elle fasse quelques concessions. Tant que la chancelière était persuadée que la France ne renoncerait jamais à la monnaie unique, elle n'avait aucune raison de bouger. C'était même elle qui pouvait se risquer à mettre la pression sur ses partenaires dans le sens : « Nous pourrions très bien faire sans vous. » Cette situation agaçait d'autant plus DSK que la France était engagée dans une opération militaire forcément coûteuse au Mali. Les partenaires européens, Allemagne en tête, regardaient de loin, sachant pourtant bien que des efforts militaires en vue de la stabilisation de l'Afrique ne pouvaient que profiter au destin commun européen. Anne-Sophie Myotte ne manquait jamais, lors des tête-à-tête réguliers qu'ils avaient ensemble, d'appuyer sur cette situation. « Ils ne tiennent même pas compte de l'effort militaire de la France pour calculer nos déficits ! » Peu à peu, Anne-Sophie convainquait le président que cette situation n'était plus tenable et qu'un rendez-vous devait avoir lieu avec l'Allemagne aussitôt que la chancelière serait – forcément – reconduite dans ses fonctions.

***

Anne-Sophie avait pris quelques jours de vacances en cet été 2013. C'est elle qui avait insisté auprès de Bruno pour se rendre en Russie. Elle avait très envie que son amant lui fasse visiter Moscou et Saint-Pétersbourg. Là où elle savait qu'il s'était reconstruit, même si elle n'avait jamais évoqué le sujet avec lui. Bruno était un guide parfait. Sa connaissance de l'histoire russe, de sa langue, de sa littérature l'épatait tous les jours davantage. Elle qui s'était juré, avant de partir en vacances, de ne pas trop parler, d'être en situation passive vis-à-vis de Bruno, elle, qui, selon son expression à lui, « menait la danse », ne le regrettait pas. Leur relation en avait été enrichie, au point qu'Anne-Sophie, sans pour autant l'évoquer avec Bruno, envisageait une concrétisation à long terme de leur relation. Pas le mariage, bien entendu, auquel elle était allergique, au contraire de son amant qui rêvait en secret d'union à l'église. Un enfant. Elle voulait un enfant de Bruno. Pas dans cinq ans. Maintenant.

Chapitre VII

Angela Merkel saluait la foule. Les Allemands venaient de la reconduire chancelière en donnant à sa coalition CDU-CSU une avance confortable, en voix comme en sièges. Le score du SPD était décevant et le FDP, parti libéral anciennement allié de Merkel, disparaissait du Bundestag. En revanche, avec près de 7 % des suffrages, l'AfD, qui militait ouvertement pour la fin de l'euro et le retour au mark, faisait son entrée au Parlement allemand. Cette situation renforçait encore les positions intransigeantes de la chancelière et de son puissant ministre des Finances, Wolfgang Schaüble. DSK soupira. Non seulement il devenait encore plus difficile de réclamer aux Allemands de modifier la gestion de la monnaie européenne ou de faire pression afin d'obtenir qu'ils deviennent les fers de lance de grandes politiques d'investissement, mais ils allaient au contraire se montrer plus vigilants face aux libertés que prenait Mario Draghi par rapport aux traités, et davantage encore exigeants avec leurs partenaires, France en tête, en matière de lutte contre les déficits et la dette.

Anne-Sophie entra dans le bureau du président. DSK la détailla du regard, ce qu'elle ne remarqua pas, complètement accaparée mentalement par la situation politique. La tenue, légèrement moulante de la jeune femme, laissait apparaître qu'elle avait un peu grossi. La conseillère spéciale ne lui laissa pas le temps de se disperser : « On fait quoi, maintenant, monsieur le Président ? »

DSK esquissa un léger sourire. Tout ce qu'Anne-Sophie avait prévu se réalisait. Le score des sociaux-démocrates allemands était largement en deçà des prévisions de Pierre Moscovici, auxquelles il voulait croire. Il venait d'ailleurs de le faire remarquer à son ministre au téléphone. Ce dernier, penaud, lui avait fait valoir que tout allait maintenant se jouer aux prochaines élections européennes de juin, l'année suivante. S'il était aussi doué pour deviner le résultat d'élections dans vingt-huit pays que pour un seul... DSK répondit à Anne-Sophie :

« Faites votre métier, Anne-Sophie ! Conseillez-moi.

— C'est le moment de rencontrer la chancelière.

— La rencontrer, bien entendu. Mais je ne vois pas pourquoi elle serait plus ouverte à nos propositions à partir de ce soir.

— Bien entendu, mais il faut pourtant agir. Économiquement, nous avons trop attendu. Si l'Allemagne impose à toute l'Europe le programme de la CDU-CSU, nous entrerons en déflation. Catastrophique. Vous connaissez cela mieux que moi, monsieur le Président, vous le savez. Il faut arrêter d'écouter Mosco et Aglietta. Et tenter tout à fait autre chose.

— Que proposez-vous ? Elle n'acceptera pas de mettre en cause les traités. Pas maintenant, alors que sa politique a été massivement validée par le suffrage universel.

— Il faut trouver un biais pour la mettre au pied du mur. Elle. Mais aussi nos autres partenaires.

— Que voulez-vous dire ?

— Monsieur le Président, vous avez engagé la France au Mali. Vous n'écartez pas, si le besoin s'en fait sentir, d'intervenir en République centrafricaine. Nous sommes les seuls à dépenser des sommes folles pour que l'Afrique ne soit pas déstabilisée et pour faire reculer le terrorisme. Nos partenaires doivent participer financièrement. Et pas des clopinettes comme maintenant. Nous fournissons les hommes, ceux qui vont au feu. Nous payons déjà le prix du sang. Et l'Allemagne pour l'instant en retire les profits économiques sur place. Vous avez entendu la déclaration du président malien à ce sujet. Il faut présenter au moins la facture financière à nos partenaires et, parmi ceux-là, au plus riche d'entre eux. Même Cohn-Bendit le réclame au Parlement européen. Il s'est dit scandalisé par l'attitude allemande.

— Vous êtes consciente qu'il y a très peu de chances que cette demande aboutisse ?

— Complètement. Mais au moins, tenterez-vous d'établir déjà un rapport de force. Cette discussion n'a jamais vraiment eu lieu. Il faut mettre publiquement un terme à cette fiction selon laquelle les Allemands seraient les grands vertueux, les fourmis, et que nous serions des cigales qui ne fichent rien. Nos interventions militaires protègent l'Europe aussi. Et même les intérêts allemands en Afrique. Il faut appuyer là-dessus. Pensez que vous ne parlez pas qu'aux Allemands et à nos autres partenaires en agissant ainsi. Vous parlez aussi aux Français, qui sont culpabilisés du matin au soir par les médias, lesquels ne jurent que par le modèle allemand et qui gueuleraient comme des putois si la France n'avait pas décidé d'intervenir en Afrique. La France n'est pas davantage dans le faux en matière politique budgétaire que l'Allemagne, mais ceci n'est plus audible par une majorité des Français, aujourd'hui convaincus que les Allemands sont méritants et pas nous. Il faut donc déculpabiliser les Français. Faire sentir à Merkel que votre peuple est autant derrière vous que le sien derrière elle. Et faire sentir aux Français que vous défendez autant les intérêts du pays que l'Allemagne, tout en conservant un langage pro-européen.

— Et concrètement ?

— Proposez la création d'un fonds européen des actions militaires extérieures. Prévenez Merkel lors d'un tête-à-tête, auparavant. Et ensuite, annoncez-le officiellement.

— Et ensuite ?

— Cela va déjà pas mal secouer en Europe. Il faut aussi mobiliser le parti socialiste. Sur le mode : “C’est une proposition européenne.” Ils sauront très bien faire ça. Ils ne savent d’ailleurs faire que ça. »

Le président sourit. Anne-Sophie Myotte poursuivit :

« Il faut absolument et définitivement ancrer l’idée en France et en Europe que les efforts, ce sont nous qui les faisons, en fait. La politique de défense, la diplomatie, c’est nous. Les Allemands seront enfin sur la défensive. Voyons comment ils réagiront.

— Nous allons faire ainsi, Anne-Sophie. Restez en dehors du coup. Ne pilotez rien. Si vous apparaissez, on ne croira pas trop au message européen.

— J’allais vous le proposer. »

***

Bruno et Anne-Sophie riaient de bon cœur autour d’une terrine et d’un brouilly. Ils regardaient ensemble Pierre Moscovici au journal de vingt heures de David Pujadas en train de faire le service après-vente de “l’initiative européenne” du président Strauss-Kahn. On ne pouvait pas dire qu’il ne mettait pas du cœur à l’ouvrage. « S’il savait », avait pouffé Anne-Sophie.

Depuis quelques jours, tout le ban et l’arrière-ban du PS se relayaient sur les plateaux et dans les studios pour vendre la proposition française. Tout se passait comme l’avait prévu la conseillère du président. La gauche de la gauche protestait en faisant valoir que, comme par hasard, le président était davantage préoccupé par les actions militaires que par la lutte contre la pauvreté. Le Front national y dénonçait les velléités fédéralistes du président. L'UMP était divisée sur le sujet, Alain Juppé l'approuvant mais François Fillon et Jean-François Copé, pour une fois d'accord, regrettant que la France « tente de faire pression sur ses partenaires afin d'éviter les réformes nécessaires ». Seuls François Bayrou et Jean-Louis Borloo approuvaient ostensiblement le président. Bruno plaisantait :

« Encore un peu de brouilly, la démocrate-chrétienne ?

— Sers-moi !

— Tu te rends compte que tu viens de donner un orgasme à tout ce que le pays compte d'"eurolâtres" ? Tu as même Cohn-Bendit avec toi. Il a applaudi la proposition de DSK et cela a déclenché une nouvelle guerre chez les écolos avec Mamère qui lui reproche de favoriser l'impérialisme.

— Je dois dire que c'est le président qui pilote l'opération. Il a été un habile manœuvrier. J'ai observé depuis les coulisses, il est très fort. Mais les réactions des partis politiques, je dois dire que c'est le pied. Je ne pensais pas rêver mieux.

— Tu oublies une éventualité.

— Laquelle ?

— Que Merkel dise oui. Et que tu participes à la mise en place d'une Europe militaire. Ce serait le comble, non ?

— Aucune chance. Les Allemands ne voudront pas payer pour la puissance militaire française. C'est une plaisanterie. Ils ne veulent même pas payer pour leur propre défense. Tu as vu le triste état de l'armée allemande ? Même si c'est présenté comme une amorce de politique européenne commune, il s'agit toutefois de faire payer le contribuable allemand pour l'armée du voisin. Et permettre par ricochets que notre déficit passe sous la ligne de flottaison des 3 % du PIB. Schaüble est tout sauf un imbécile. Il a vu, lui. Et il est à Berlin.

— Et à Paris, personne ne voit.

— Réflexes pavloviens, comme d'habitude. Tout le monde a réagi par esprit de système, mes amis souverainistes compris. Même si le président a présenté la proposition habilement, ce n'est pas très rassurant pour le niveau de notre classe politique et nos médias.

— Ils sont tous tombés dans le panneau, c'est vrai. Sauf un.

— Oui justement, je voulais t'en parler. »

Anne-Sophie abandonna sa mine rieuse et interrogea Bruno :

« Tu n'as pas parlé à Zemmour ?

— De quoi ?

— Pas de la météo dans le bassin minier, Bruno.

— Non, je ne lui ai pas parlé de ton idée. Nous avons parié il y a quelques mois sur le fait que tu arriverais à convaincre DSK de faire péter l'euro. Mais, ce que tu me dis, je ne lui répète pas. Pour qui me prends-tu ?

— Je sais que tu as parfois tendance à être un peu trop bavard et que cela a pu te jouer des tours… »

Bruno blêmit. Il ne s'attendait pas à un tel tacle. C'était la première fois qu'Anne-Sophie faisait allusion à ses bavardages. Anne-Sophie avait repris son verre de brouilly et l'avait porté à ses lèvres tout en ne le quittant pas des yeux.

« J'ai appris. Je me suis fait piéger par une jolie femme il y a deux ans. C'est quand même un comble que ce soit elle qui me le reproche aujourd'hui.

— Je te connais, justement. Et je t'aime comme tu es.

— Je n'ai rien dit à Zemmour. Il a analysé, c'est tout. Il m'étonne. D'un côté, il est en train de devenir une caricature de lui-même sur le plan éditorial. Je t'ai parlé du bouquin qu'il est en train d'écrire. Mais de l'autre, il a toujours la même faculté d'analyse des rapports de force politiques. Sur ce plan, c'est vraiment le meilleur. Rien à dire. »

L'échange sur ses bavardages n'avait pas duré longtemps. Bruno aurait pu mal encaisser l'allusion d'Anne-Sophie mais il n'en fut rien. Quelques minutes après, l'appétit sexuel de la conseillère spéciale, dopé par la grossesse, lui faisait oublier ce moment gênant.

***

Comme l'avait prévu Anne-Sophie, la réponse officielle du gouvernement allemand était négative. Merkel avait reçu le renfort des Britanniques qui y avaient vu une fédéralisation rampante de la politique de défense européenne. Pourtant, les sujets de Sa Majesté auraient été, comme la France, les bénéficiaires de ce nouveau dispositif. Les pays du Sud n'avaient pas appuyé l'initiative française autant que le président l'aurait espéré.

Angela Merkel avait donc signifié son refus lors d'un tête-à-tête avec Dominique Strauss-Kahn à Bruxelles. Celui-ci avait manifesté sa grande déception : « Nous faisons le gendarme en Afrique. Vous en tirez profit. L'Allemagne développe d'ailleurs excellemment ses avantages en Afrique de l'Ouest sous la protection du “parapluie” français. Les Américains regardent désormais davantage vers le Pacifique que vers l'Atlantique. L'Europe doit financer sa défense. » Mais la chancelière n'avait pas cédé. Lors de la conférence de presse commune qui suivit, DSK surprit encore, en sortant un nouveau lapin de son chapeau : « Nous prenons acte de la réponse de nos partenaires, et de celle de l'Allemagne en particulier. La proposition de créer un fonds de financement est refusée ; il reste une solution qui pourrait convenir même si elle est moins ambitieuse. Nous proposons donc que l'effort de défense, les dépenses militaires et diplomatiques des États ne soient désormais plus comptés dans le calcul du déficit. »

Merkel ne s'attendait pas à une contre-attaque aussi rapide. Elle réagit en bottant en touche, afin de gagner du temps. Il s'agissait d'une modification des traités en vigueur. Il fallait se donner le temps de la réflexion. Un dernier échange eut lieu après la conférence de presse. DSK s'était montré le plus déterminé possible : « Il faut accepter cette proposition, Angela. On peut le faire tout de suite sans même modifier les traités. Si les partenaires décident d'adopter entre eux un nouveau calcul, la Commission, toute gardienne des traités qu'elle est, cédera. Elle est à la remorque depuis la crise de 2008. » Merkel ne s'était pas montrée fermée à la proposition. Elle comprenait la position française. « Je vous donnerai notre réponse le plus vite possible, Dominique. »

***

Tout avait été prévu entre le président et Anne-Sophie. La contre-attaque française devait être immédiate. La conseillère spéciale avait convaincu DSK qu'il fallait poursuivre la stratégie de pression sur l'Allemagne. En son for intérieur, elle connaissait déjà la réponse allemande. Schaüble mettrait son *veto*. Il considérerait que c'était une autre manière pour la France de faire payer aux autres son incapacité à se réformer. Mais elle souhaitait aussi laisser croire au président que les Allemands pourraient finalement accepter la proposition. Il fallait impérativement que le futur refus apparaisse pour ce qu'il était : une mauvaise volonté évidente. Anne-Sophie pariait sur le sentiment d'humiliation du président afin de prendre définitivement l'ascendant sur lui et lui imposer la seule solution qui valait pour elle, et depuis longtemps. Elle n'hésitait pas à entretenir l'exaspération de DSK devant l'attitude de Schaüble.

Elle insistait pour que le président téléphone régulièrement à Merkel afin de lui rappeler l'importance de sa future décision pour le destin de la construction européenne. Anne-Sophie rencontrait aussi régulièrement Arnaud Montebourg et Benoît Hamon. Même si ces deux ministres n'étaient pas chargés des dossiers économiques, ils étaient d'accord avec tout ce qui pouvait desserrer l'étau budgétaire autour de la France. Les affidés de Montebourg et Hamon à l'Assemblée nationale appuyèrent bruyamment la proposition du président, se montrant particulièrement agressifs envers "la droite allemande", qui prenait la responsabilité, en cas de refus, de « mettre en cause plus de cinquante ans d'acquis communautaires ». Ces interventions avaient le don de rendre Pierre Moscovici vert de rage.

Du côté de Matignon, on tentait de calmer le jeu. L'opposition hurlait à la germanophobie, le FN moquait les « tergiversations présidentielles », le Front de gauche regrettait « l'obsession du président pour la sanctuarisation des dépenses militaires ». Du côté des sondages, en revanche, on notait un soutien massif des Français à l'idée de participation de l'Europe aux dépenses militaires françaises.

Tout se passait comme le souhaitait Anne-Sophie. Une dramatisation de l'enjeu. Un conditionnement des esprits tourné vers la nécessaire confrontation avec l'Allemagne. Et l'idée ancrée qu'il ne fallait céder à aucun prix.

***

Pierre Moscovici était assis en face du président. Ils échangeaient depuis dix minutes quand le ministre de l'Économie et des Finances posa la question qui lui brûlait les lèvres depuis quelques jours :

« Et si les Allemands refusent, on fait quoi ?

— Je ne me place pas dans cette hypothèse. Ils doivent accepter. Nous ne pouvons plus continuer ainsi, Pierre. Il nous faut des marges de manœuvre. Tu sais comme moi que cette course folle à la lutte contre les déficits est sans fin. Plus nous luttons contre les déficits, plus le chômage augmente, plus les recettes fiscales baissent, et plus les déficits augmentent. Nous n'allons pas continuer cette thérapie de médecins de Molière. Tu es l'homme le mieux placé du pays pour te rendre compte de cette situation.

— Dominique, si Schaüble met son *veto*, il ne te restera que deux solutions : la niche ou la crise. Tu veux aller à la crise ? Tu joues au poker avec plus puissant que toi. Ou alors, on joue avec toi.

— Que veux-tu dire ?

— Tu as à l'Élysée un agent des adversaires de la construction européenne. Je ne veux pas croire que les initiatives que tu as prises t'ont été soufflées par cette personne. Si c'est le cas, tu es manipulé dans un seul but. Tu sais très bien qu'elle voit Sapir, Todd, Gréau régulièrement. Qu'elle a rallié Montebourg et Hamon à sa cause.

— Qu'est-ce que tu racontes ? Quel but ?

— La sortie de l'euro, bien entendu. Myotte y a toujours été favorable. Écouter ses conseils sur ces dossiers, c'est de la folie. Cette fille fait le lit du FN !

— Le ministre de l'Économie et des Finances, c'est toi, et le président, c'est moi. Le président s'entoure des conseillers qu'il souhaite. Mais le président décide. Nous ne pouvons plus continuer ainsi. Si la donne européenne n'est pas modifiée, nous irons vers un scénario cauchemardesque. Nous aurons une faible croissance qui ne crée pas d'emplois pendant de longues années. Comme au lendemain de la crise de 1929, la faible croissance conduira à des troubles sociaux, puis à des menaces contre la démocratie. Si nous rentrons à la niche, comme tu dis, l'heure ne sera plus à la coopération, mais aux poussées populistes. Tu veux quoi ? Te cacher derrière la BCE pour camoufler notre inaction ? Rappelle-toi la détermination des principaux leaders lors du début de crise déclenché par la chute de Wall Street en 2008. Ce que nous vivons est aussi grave.

— Il y aura les élections européennes en juin. Nous pourrons prendre des décisions.

— Qu'est-ce que tu me chantes là… Arrête de voir tout en rose bonbon. Il y a peu de chances de voir une majorité sociale-démocrate à Strasbourg en juin prochain.

Et quand bien même Martin Schulz deviendrait président de la commission, tu es certain que nous pourrions avoir davantage de marges de manœuvre ? Il faut agir dès maintenant. J'ai souhaité attendre les élections allemandes. Peut-être n'aurais-je pas dû reporter jusque-là pour imposer l'épreuve de force.

— Tu joues avec le feu, Dominique.

— Non, monsieur le ministre des Finances. Le président de la République ne joue pas avec le feu. C'est l'Allemagne qui joue avec le feu si elle n'accepte pas la proposition de la France. Et je vous prie de faire vôtre cette vision des choses. Dans le cas contraire, il faut me le dire rapidement afin que je demande au Premier ministre de me proposer un remplaçant. C'est clair ? »

Pierre Moscovici eut un mouvement de recul sur sa chaise. Il déglutit, priant mentalement pour que l'Allemagne ne refuse pas la proposition de DSK. Et répondit :

« C'est clair. »

***

Angela Merkel avait laissé le soin à Schaüble d'annoncer lui-même officiellement la fin de non-recevoir du gouvernement allemand à l'occasion d'un point presse. Quelques heures auparavant, la chancelière avait téléphoné à DSK. Son ton laissait penser qu'elle aurait sans doute été prête, à titre personnel, à cette dernière proposition française. Mais son terrible ministre des Finances lui avait tordu le bras. Ce dernier n'avait pu le faire que parce qu'il était davantage en symbiose avec l'état d'esprit, non seulement, des élites allemandes, mais aussi d'une large part de la population. Pour tous ces gens, mieux valait prendre le risque de faire disparaître l'euro que de payer, d'une manière ou d'une autre, pour la France et l'Europe du Sud. Merkel pensait au contraire que la solution de ne pas compter les dépenses militaires dans le calcul du déficit constituait un compromis acceptable au regard de la situation actuelle, qui permettait à l'Allemagne d'exporter aussi bien à l'intérieur de la zone euro – grâce à sa compétitivité et à l'absence de possibilité pour les concurrents de dévaluer leur monnaie – que dans le reste du monde. Nul doute que, dotée d'une monnaie nationale, celle-ci s'envolerait par rapport au dollar, au yen et au yuan.

Dans la situation actuelle, et à condition de ne pas payer trop, l'Allemagne gagnait sur tous les tableaux. Malheureusement, en Allemagne, les états d'esprit n'étaient plus prêts à faire des compromis. Ce que l'Allemagne avait fait pour gagner en compétitivité, ses partenaires n'avaient qu'à le faire aussi. Ce n'était pas aux Allemands de payer, ni pour le maintien du système de retraite français ni pour celui de sa fonction publique grassouillette. Merkel était une des femmes les plus puissantes du monde ; il n'en restait pas moins qu'elle devait tenir compte du contexte politique et de l'état d'esprit de ses concitoyens.

Pour une large partie du peuple allemand, le pays avait

déjà fait quelques concessions importantes depuis la crise grecque. D'autre part, Schaüble l'avait convaincue que « les Français se dégonfleraient », et n'oseraient pas précipiter la crise. Surtout les socialistes français ! Ils n'envisageraient pas de mettre fin à l'union monétaire européenne qu'ils avaient eux-mêmes portée sur les fonts baptismaux. « C'est un risque à prendre, mais il est faible », avait-il ajouté. Angela Merkel avait donc préféré écouter son puissant ministre des Finances, alors que son conseiller Daniel Gros, en contact avec DSK lui-même, était partisan d'un compromis.

Schaüble se trompait. Anne-Sophie Myotte était présente dans le bureau présidentiel lorsque Merkel avait annoncé sa décision au président français. Aussitôt la conversation terminée, elle avait poussé son avantage.

« Maintenant, vous avez le choix. Si vous n'allez pas à la crise, votre quinquennat est terminé. Comme celui de Chirac en décembre 1995. Ce qui est en jeu, c'est le gouvernail. Si, au contraire, vous démontrez aux Français que vous le reprenez, tous les espoirs sont permis.

— Il y aura un sommet européen extraordinaire vendredi soir. Nous devons être prêts à proposer la dissolution de la zone euro. Il faudra aussi leur montrer notre détermination à en sortir seuls si les Allemands refusent de coopérer.

— Maintenant que vous êtes convaincu de cette solution, cela va tanguer chez nous. Le Premier ministre suivra.

Ségolène Royal et Arnaud Montebourg aussi. Mais on peut s'attendre à des départs du gouvernement.

— Martine n'acceptera pas, mais elle ne pèse pas tant que ça. Ses soutiens à l'Assemblée sont ceux qui me reprochent de céder à l'austérité sous la pression allemande. Son départ me paraît inéluctable mais nous nous en remettrons. Le problème se situe à Bercy. La dissolution de l'union monétaire européenne et la re-création d'une monnaie nationale doivent être exécutées selon les règles de l'art. Les risques sont importants, et nous ne pouvons pas nous permettre des erreurs. Changer de ministre maintenant ne me paraît pas une solution idéale pour réaliser l'opération.

— Quel était l'état d'esprit de Moscovici lors de votre dernière entrevue ?

— Il en avait plutôt après vous. Il craignait la crise par-dessus tout et m'accusait de céder à votre idéologie souverainiste. Et vos mauvaises fréquentations. »

Anne-Sophie ne put s'empêcher d'esquisser un sourire.

« S'il est dans cet état d'esprit, peut-être vaut-il mieux accepter sa démission.

— Je vais tenter de le convaincre. Après tout, de Gaulle a bien demandé à Michel Debré d'exécuter sa politique algérienne. Avant de le remercier quand le travail fut terminé.

— Vous êtes sérieux ? Vous savez que vous parlez de Pierre Moscovici, monsieur le Président ?

— Je sais ce que vous pensez de Pierre Moscovici, Anne-Sophie. Et je vais vous le dire à vous aussi comme je le pense : vous commencez à m'emmerder sérieusement, tous les deux ! J'ai écouté vos conseils, Myotte. Je les crois pertinents. Je suis à l'Élysée en grande partie grâce à vous. Je sais que vous avez raison quand vous m'expliquez depuis des mois que la démocratie est fichue si la France ne recouvre pas une partie de sa souveraineté. Et qu'au bout du compte, si nous ne le faisons pas, nous aurons Le Pen. J'en suis aujourd'hui convaincu. Mais la meilleure solution, à l'heure où nous parlons, c'est de tenter de persuader le ministre en place de faire le boulot. S'il refuse, nous aviserons. Je sais très bien que Moscovici n'a pas l'étoffe de Debré, merci bien. Je le connaissais alors que je ne suis même pas certain que vous étiez née. Mais il m'a toujours été fidèle et il est le ministre en place. Admettez que c'est la moins mauvaise solution, bon sang !

— Vous êtes le président, ce n'est pas à vous de me convaincre. »

Anne-Sophie s'en voulait un peu d'avoir déclenché cette philippique en moquant le charisme de son vieil adversaire. Mais son orgueil l'empêchait de le montrer au président. La conversation prit fin. Le président demanda à son secrétariat de faire venir le ministre des Finances le plus rapidement possible à son bureau. La décision était prise. Dans quelques jours, l'euro serait mort et enterré.

***

Place de la Concorde, les pompiers avaient créé un périmètre de sécurité autour de l'illustre blessé. Malgré le sang-froid qui caractérisait systématiquement ces professionnels, l'effervescence était réelle. Ce n'était pas tous les jours qu'on était appelé à intervenir sur les lieux d'un accident impliquant un ministre de la République. Le médecin avait rendu son verdict. Pierre Moscovici était dans le coma. Le choc de l'illustre piéton avec l'Audi A8 avait été violent. Le conducteur de la berline allemande n'avait pu l'éviter. La police tentait de faire circuler les badauds, notamment ceux qui avaient pris conscience de l'identité de la victime. Elle n'avait pas pu empêcher qu'une photo du ministre sur un brancard soit prise et postée immédiatement sur le réseau Twitter.

Une heure auparavant, le ministre de l'Économie et des Finances était encore dans le bureau du président Strauss-Kahn. Choqué par la teneur de l'entretien qu'il avait eu avec ce dernier, Pierre Moscovici avait demandé à son chauffeur de reprendre seul la direction de Bercy. Il préférait profiter d'une marche en ville pour réfléchir à ce qui venait de lui tomber dessus. Il avait demandé à son garde du corps de se tenir en retrait afin de mieux se concentrer sur sa réflexion. Accaparé par ses pensées, il s'était engagé imprudemment sur la chaussée de la place de la Concorde. Au dernier moment, il avait néanmoins vu l'Audi, avait tenté de rebrousser chemin mais c'était trop tard. La voiture l'avait heurté violemment, le projetant sur le côté, sa tête heurtant le pavé. Le pauvre garde du corps, qui n'avait pu empêcher la catastrophe, était interrogé par un capitaine de police, tandis que le chauffeur du véhicule, choqué, était pris en charge par une lieutenante qui tentait de lui arracher quelques mots. Quelques minutes plus tard, l'un des véhicules de secours dans lequel le ministre avait été placé prit la direction de l'hôpital du Val-de-Grâce.

***

Lorsque le président avait expliqué sa décision, Pierre Moscovici avait eu la sensation de recevoir un coup de poing. Le président lui annonçait non seulement qu'il allait proposer dans quelques jours à ses partenaires de dissoudre la zone euro, mais il lui demandait, de surcroît, d'être la cheville ouvrière de cette opération. « C'est ton devoir, Pierre ! » Cette phrase résonnait dans son cerveau, alors qu'il marchait en direction de Bercy. Il n'avait pas donné sa réponse au président. « J'ai besoin de réfléchir. Je te donne ma réponse dans deux heures. »

Avait-il déjà pris sa décision quand il s'était élancé, hagard, sur le pavé de la Concorde sans voir l'Audi arriver sur sa gauche ? Sans doute pas encore. À titre personnel, la meilleure solution, c'était partir. Il n'avait pas accepté de devenir ministre pour que son nom soit éternellement attaché au démontage de la plus grande idée européenne de l'Histoire ! Pourtant, « c'est ton devoir ! » résonnait dans son cerveau, sans cesse. Le président avait pris sa décision. Elle était irrévocable. L'euro serait démonté. Avec ou sans lui. DSK lui avait expliqué combien il était important que cette délicate opération se fasse avec les hommes en place afin de profiter à la fois de la stabilité de l'État et d'un effet de surprise plus important. Le président avait insisté sur le fait que la coordination devait être parfaite afin de limiter au maximum les risques d'une panique sur les marchés. Il avait laissé entrevoir à Pierre Moscovici que, l'opération menée à bien, il pourrait ensuite rendre son tablier et prétendre éventuellement à une place à Bruxelles. Maladresse. Pour un amoureux de la construction européenne comme Mosco, à quoi pouvait bien rimer la promesse d'un poste de commissaire alors qu'on venait de planter des clous sur le cercueil de l'idéal communautaire ? Certes, il aimait le luxe et un poste aussi rémunérateur l'intéressait, mais l'argent n'était pas tout.

***

Malgré sa peine, le président conservait un calme olympien. Il se renseignait sur l'état de santé de son ministre et n'avait pas encore connaissance du verdict des médecins en matière de pronostic vital. Culpabilisé, il l'était à l'évidence. Mais il fallait néanmoins prendre des décisions très rapidement. La France avait besoin d'un ministre de l'Économie et des Finances. Rapidement. Durant quelques secondes, il avait envisagé de retarder son choix de démonter la zone euro. Était-ce un signe de Dieu qui lui indiquait qu'il fallait renoncer à ce projet ? Malgré la foi qu'il entretenait depuis le moment de sa rencontre avec Anne Sinclair, il avait chassé ces pensées. Il était le président. Un accident de la circulation routière ne pouvait pas bloquer le processus de sa décision souveraine.

Appelée par DSK, Anne-Sophie Myotte était entrée dans le bureau présidentiel. Il lui lança :

« Faites venir Sapir ! Et j'espère qu'il n'est pas encore à Moscou !

— Il est à Paris, monsieur le Président.

— Qu'il vienne ! Le plus rapidement possible. Discrètement. Par la grille du Coq. »

***

Jacques Sapir patientait avec Anne-Sophie Myotte dans le bureau de cette dernière, où il avait ses habitudes depuis que son ancienne élève conseillait le président de la République. Ce dernier avait filé au Val-de-Grâce afin de prendre des nouvelles de Pierre Moscovici et réconforter Marie-Charline, la jeune fiancée du ministre. L'économiste s'adressa à Anne-Sophie :

« Où en est-il, dans sa réflexion ?

— Il est mûr. Il veut proposer la dissolution concertée de l'euro à Merkel vendredi soir. Il a vu Mosco aujourd'hui pour lui faire part de sa décision. Mosco avait réservé sa réponse. Tu connais la suite.

— Cela ressemble à un acte manqué, cette histoire d'accident.

— Je n'en sais rien mais, le connaissant, il ne devait effectivement pas être dans les meilleures dispositions. Il a pris un gros coup sur la tête dans le bureau du président. J'étais plutôt d'avis de mettre Moscovici devant le fait accompli vendredi soir. L'autre se serait soumis ou démis.

— Non, Anne-Sophie. Si le président voulait proposer ça vendredi, il fallait un ministre prévenu et ayant pris déjà ses premières dispositions. Pour réagir immédiatement. Un flottement aurait pu avoir de graves conséquences. Tu penses qu'il peut remettre en cause sa décision, avec cet accident ?

— Je ne crois pas. Si c'était le cas, il ne m'aurait pas demandé de te faire venir. Peut-être souhaite-t-il profiter de quelques conseils, t'interroger sur le timing, ou avoir un avis sur les possibles remplaçants de Mosco. Il va peut-être t'offrir Bercy. En tout cas, il t'a fait venir, toi. Il n'a pas demandé à Aglietta de faire venir Attali. C'est bon signe, non ? »

Sapir sourit à Anne-Sophie. Il était fier de son élève.

***

Les yeux rougis, Marie-Charline Pacquot remercia le président. Ensemble, ils venaient de rencontrer le médecin-chef du Val-de-Grâce. Pierre Moscovici avait repris connaissance. Placé en soins intensifs, il était victime de multiples fractures. Le pronostic vital n'était pas engagé. Malgré un traumatisme crânien important, son cerveau n'était pas touché. Le doute subsistait en revanche sur sa capacité à remarcher. Dominique Strauss-Kahn embrassa la fiancée du ministre et s'engouffra dans sa voiture. Le temps pressait.

***

Jacques Sapir et Anne-Sophie Myotte s'assirent face au président. Le premier n'était pas inconnu pour Dominique Strauss-Kahn. Tous les deux avaient travaillé ensemble à l'université de Nanterre une vingtaine d'années plus tôt. Ils s'étaient également vus au plus fort de la crise russe en 1998, alors que DSK était en poste à Bercy.

Depuis quelques années, Sapir était l'économiste le plus médiatique parmi ceux qui préconisaient la dissolution de la zone euro. Parfois invité par Yves Calvi dans ses émissions de France 2 ou France 5, mais aussi très régulièrement invité sur BFM Business, il était un inlassable procureur des politiques économiques européennes. Antilibéral, il venait de la gauche de la gauche mais n'hésitait pas à intervenir au congrès du parti de Dupont-Aignan. Ses adversaires lui reprochaient à la fois ses liens avec la Russie, où il enseignait, mais aussi, avec beaucoup de mauvaise foi, le fait qu'il soit souvent cité par Marine Le Pen. Comme s'il pouvait empêcher telle ou telle personnalité de s'appuyer sur ses travaux.

Anne-Sophie avait souvent pris sa défense dans les réunions du parti socialiste. Un jour, à La Rochelle, Juliette Méadel, une techno du PS, lui avait reproché sa proximité avec Sapir, « qui prônait la même politique économique que Le Pen ». La réplique avait cinglé : « Et toi, tu es à l'aise en compagnie du bon Docteur Salazar ? » Dans la France des années 2010, où l'on développait volontiers les syllogismes imbéciles du genre « tu es contre l'euro, tu es pour Le Pen », on avait oublié le dictateur portugais, qui avait fait de l'escudo l'une des monnaies les plus fortes du monde, tout en appauvrissant son pays.

DSK s'adressa à Jacques Sapir, optant pour le tutoiement :

« Je suppose que tu sais ce qui est arrivé à Pierre. Je n'ai plus de ministre de l'Économie et des Finances.

— J'ai vu. Comment va-t-il ?

— Il est hors de danger. Mais il ne peut plus exercer ses fonctions. Il est *out* pour plusieurs mois. Cela tombe très mal. J'ai engagé un bras de fer avec l'Allemagne et je n'ai plus de ministre. Il me faut en choisir un. Vite.

— Que comptes-tu faire vis-à-vis de l'Allemagne ? Quels sont tes plans ? Tu ne peux plus lâcher maintenant.

— Je vais proposer à nos partenaires de dissoudre la zone euro de manière concertée.

— Et s'ils refusent de coopérer ? Tu sors ?

— Merkel acceptera. S'il n'y a pas concertation, la

dissolution se fera aussi, mais dans le désordre et le nouveau mark s'envolera beaucoup plus haut. En ce cas, tant pis pour elle. Quant aux pays du sud, si nous décidons de sortir, ils n'auront d'autre choix que de sortir aussi. Ma décision est prise. Je l'avais indiquée à Pierre.

— Ce n'est pas moi qui te reprocherais ce choix. Mais en quoi puis-je t'être utile ? Les services de Bercy savent comment faire. Ils l'ont envisagé et étudié très sérieusement dans une réunion en novembre 2011, au plus fort de la crise grecque.

— Qui vois-tu pour prendre la succession de Pierre et mettre ça en musique ?

— *A priori*, je ne vois que trois personnes. Tu peux nommer quelqu'un qui soit proche de toi, sur le modèle de Moscovici, qui ferait le boulot en contradiction avec tout ce qu'il a défendu jusque-là. Aglietta, par exemple, avec qui tu travailles déjà à l'Élysée. »

Anne-Sophie fusilla Sapir des yeux.

« Il refusera. Qui d'autre ?

— Sinon, tu peux prendre un politique, pragmatique. Je pense à Fabius, qui a eu des positions contradictoires sur l'Europe et qui a l'avantage d'avoir connu le passage du franc à l'euro. Il saura faire le chemin en sens inverse.

— Intéressant. Mais il me faudrait trouver quelqu'un aussi rapidement pour le Quai d'Orsay. Je changerais deux ministres essentiels dans un moment crucial, au lieu d'un seul. Si on peut l'éviter. Et la troisième solution ?

— Jean-Paul Fitoussi. Nous le connaissons tous les deux. Il en est capable. »

Le président fit une légère moue.

« Je ne crois pas que ce soit une bonne idée. Il s'est fait trop d'ennemis à Bercy. Tu as raison. Nous le connaissons effectivement tous les deux. Pour sa compétence, mais aussi son caractère.

— Nomme Védrine au Quai. Il connaît la maison. Fabius pourrait ainsi aller à Bercy. Avec un tel duo expérimenté, tu es paré. »

Dominique Strauss-Kahn fit une pause, se rejeta en arrière sur son fauteuil, croisa le regard d'Anne-Sophie et lança à Sapir :

« Et si je te nommais, toi ?

— Dominique, tu es conscient que si tu me nommes, tout le monde saura pourquoi. Cela équivaudrait médiatiquement à l'annonce de la sortie de l'euro.

— Oui, j'en suis conscient. Mais après tout, c'est ce que je vais faire. Si je te nomme, les Allemands sauront que j'irai jusqu'au bout. Ils accepteront d'autant plus la dissolution concertée.

— Certes. Mais cela peut déclencher une panique sur les marchés, et une fuite de capitaux importante. Il faudra, en tout état de cause, établir un contrôle des capitaux et reprendre la Banque de France en main.

— Nous sommes mercredi. J'annoncerais ta nomination demain soir après la fermeture de la bourse. Tu ferais une intervention pour les JT, expliquant que tu es là pour appliquer non pas ta politique mais celle du président de la République. Ensuite, silence radio toute la journée, tu t'occupes de former ton cabinet. Et on fait le boulot vendredi soir à Bruxelles.

— Ce calendrier me paraît le plus adapté dans cette éventualité. Il n'en reste pas moins que la solution Fabius-Védrine est sans doute plus prudente.

— Nous ne sommes plus dans la prudence. Nous sommes dans l'action. Tu es l'homme de la situation. Tu acceptes ?

— J'accepte. »

Anne-Sophie serra le poing. Elle avait gagné.

***

La frénésie médiatique était à son comble. Toute cette journée du jeudi, à la veille d'un sommet européen de la plus haute importance, au moment où la tension avec l'Allemagne ne faiblissait pas, la France n'avait plus de ministre des Finances. Le président aurait bien voulu l'éviter, mais il se tenait à son calendrier. Deux jours entiers avant la réunion fatidique, c'eût été trop long à gérer avec Sapir à Bercy. Les spéculations allaient bon train. Des dizaines de noms sortirent sur les chaînes d'info ou sur les réseaux sociaux. À huit heures, le nom de Fitoussi tenait la corde. À midi, *Le Monde* en proposa quelques-uns, notamment celui de Laurent Fabius, qui avait été habilement distillé par Anne-Sophie, sans bien entendu faire allusion aux projets monétaires du président. *La Tribune* cita le nom de Michel Aglietta. Le nom de Sapir ne fut cité que deux fois, par deux journalistes, Jack Dion de *Marianne* et Jean-Christophe Buisson du *Figaro Magazine*, tous les deux sur Twitter. Ils ne furent pas repris par les chaînes d'info.

Manuel Valls fut mis au courant dès le matin par le président lors d'un petit déjeuner à Matignon. Il était d'accord pour être le chef de gouvernement qui reviendrait à la monnaie nationale. Neuf ans plus tôt, il avait été, dans son parti, de ceux qui militaient pour le rejet de la constitution européenne. Il avait ensuite milité pour le oui, choisissant la discipline de parti. Mais cet épisode montrait combien Valls n'avait pas un rapport très idéologique à la construction européenne. Il considérait en revanche que, si l'on choisissait de demeurer dans l'euro, il fallait en tirer toutes les conséquences en termes de politique intérieure ; c'est ainsi qu'il proposait quelques solutions prônées par la droite, la TVA sociale et l'orthodoxie budgétaire. Du moment qu'on pouvait sortir de ce carcan, il ne demandait pas mieux et était finalement ravi.

Vers dix-neuf heures, un communiqué commun de l'Élysée et de Matignon annonçait la désignation de Jacques Sapir, compte tenu de l'empêchement de Pierre Moscovici. Les correspondants en poste à l'Élysée eurent au même moment l'information selon laquelle le nouveau ministre serait l'invité de David Pujadas au JT de vingt heures. Sapir respecta la feuille de route du président. Il était là pour mettre en œuvre les décisions du chef de l'État et pas pour appliquer ses propres idées. Confronté à François Lenglet, il reconnaissait cependant que son histoire, son profil pouvaient semer le trouble dans les esprits. « Ce sont nos partenaires allemands qui ont la clé, expliqua-t-il. Des propositions ont été faites par le président, elles sont toujours sur la table. » Lenglet ne fut pas dupe. Il connaissait Sapir. Il insista, mais le ministre ne dévia pas de son discours.

Exceptionnellement, Bruno Talanski avait rejoint Anne-Sophie à son bureau de l'Élysée et ils regardaient ensemble la prestation du nouveau ministre. Ils zappèrent ensuite sur BFMTV où les réactions se succédaient. C'est l'allocution de Marine Le Pen, laquelle fustigeait « le Système qui se permet tout, même de soudoyer les plus acharnés de ses adversaires », qui provoqua une réaction de la conseillère spéciale, laquelle était restée silencieuse jusque-là :

« Elle l'a mauvaise, là. Elle sait que c'est un très mauvais coup pour elle.

— Comment ça ?

— Elle sent qu'on va faire ce qu'elle est incapable de faire, et qu'elle propose pourtant depuis des années.

— Pourquoi "incapable" ? Tu doutes de sa détermination sur le sujet ?

— Le FN ne peut pas sortir de l'euro dans de bonnes

conditions pour la bonne et simple raison que ce genre de choses ne se programme pas. Cela doit forcément passer par un effet de surprise. Elle propose quoi, Le Pen ? Un référendum sur l'UE et l'euro. Si elle était élue, on entrerait dans la panique, au gré des sondages sur le résultat du référendum. Elle ne pourrait pas fermer les marchés pendant trois mois ! Tu sais maintenant pourquoi je suis toujours demeurée au PS, dans un grand parti. Parce que, quoi qu'on en dise, il n'y a que l'UMP et nous qui pouvons dissoudre cette zone dans les meilleures conditions. À la limite, Mélenchon a aussi un discours qui permet le doute. Il mettait toute la pression sur l'Allemagne et laissait planer le suspense en cas de refus.

— Tous ceux qui proposaient la sortie de l'euro aux élections étaient donc inutiles ?

— Je n'ai pas dit ça. Il fallait pouvoir entendre que cette solution était envisageable. Mais ceux qui la suggéraient n'avaient pas les moyens de la mettre en œuvre parce qu'ils l'avaient proposée. Un paradoxe anti-démocratique. Celui dont nous allons profiter pour rétablir la démocratie. »

Anne-Sophie se tut pour écouter la réaction d'un autre promoteur du retour à la monnaie nationale, le souverainiste Dupont-Aignan. Lui qui avait accueilli à plusieurs reprises le nouveau ministre dans ses congrès voulait donner à ce dernier “le bénéfice du doute”. Contrairement à Marine Le Pen, il ne voulait pas croire que « Sapir [allait] à la soupe ».

« Affaire de style ? interrogea Bruno.

— Non. Dupont-Aignan sait très bien que ce que je viens de te dire constitue la triste réalité. Il ne pourrait pas non plus mettre en œuvre cette politique s'il était élu. Mais comme il sait qu'il ne peut pas être élu, c'est moins grave. D'autant que si c'était l'UMP qui avait été contrainte à le faire comme nous, il aurait pu intégrer immédiatement le gouvernement, ce qui ne peut pas être le cas de Marine Le Pen. Dans trois jours, tu verras, il deviendra un soutien sincère et bruyant de notre politique. Tout le monde se fout de sa poire mais il est honnête intellectuellement, lui. »

***

Jacques Sapir avait intégré son bureau. Dès neuf heures du matin, une passation de pouvoirs sans le ministre sortant avait été organisée. La dernière fois qu'un tel événement s'était produit, c'était en septembre 1998, lors de l'accident anesthésique de Jean-Pierre Chevènement. C'est Jean-Jack Queyranne qui avait pris la suite, dans l'urgence. Mais le contexte était fort différent. Depuis la veille, le buzz médiatique tournait autour de la personnalité de Jacques Sapir. Ses positions anti-euro étaient combinées avec sa proximité avec des hautes personnalités russes pour en déduire que le Kremlin complotait sans doute contre l'Europe. Anne-Sophie en avait plaisanté avec son ami Jacques dès leur premier coup de fil de la journée :

« Tu vas voir, Jacques, ils ne vont pas tarder à raconter que c'est Poutine qui a provoqué un attentat contre Moscovici ! »

— Ils ne sont pas à ça près ! On ne prête qu'aux riches ! »

La blague d'Anne-Sophie avait détendu le ministre. Sapir avait effectivement reçu plusieurs appels de Russie, des professeurs Ivanter et Nékipelov qui le félicitaient, en toute innocence, ou de Narychkine, le président de la Douma, plus politique. Entre la pression médiatique, la préparation du sommet européen du soir et la constitution difficile de son cabinet – il avait dû menacer Frédéric Lordon de lui envoyer la police militaire, comme de Gaulle à Mendès en 44, pour le ramener à Bercy ! – sa tâche était forcément stressante.

***

La délégation française était en avance. Aussitôt qu'Angela Merkel arriva, vers 17 h 30, DSK lui demanda un aparté. Il ne dura pas longtemps.

« Angela, vous n'avez pas changé d'avis ?

— À quel sujet, Dominique ?

— Sur les possibilités que je vous ai offertes de préserver la zone euro.

— Je ne comprends pas Dominique. Vous m'avez fait des propositions sur la défense européenne, sur le fait que vous pensiez que les autres pays devaient participer à votre effort. Cela n'a pas fait l'objet d'un consensus. N'en parlons plus.

— Vous prenez une énorme responsabilité, Angela.

— C'est vous qui en prenez une grande, en nommant un ministre anti-euro.

— Si vous me dites maintenant que vous acceptez l'une de nos propositions, ce ministre appliquera scrupuleusement la politique que je lui dicterai, à savoir le sauvetage de notre monnaie. En France, c'est le ministre des Finances qui obéit au président.

— Je suis parfaitement en phase avec Wolfgang. Nous ne paierons pas pour vos errements budgétaires, Dominique. Cela fait trop longtemps que vous refusez de réformer votre État. Nous l'avons fait il y a dix ans. À votre tour.

— Très bien. J'ai compris. Vous prenez vos responsabilités. Rejoignons nos partenaires. »

***

Pendant que DSK s'entretenait avec Merkel, Sapir en avait profité pour discuter avec Daniel Gros, le conseiller de Merkel. La délégation française avait exigé que les téléphones mobiles de toutes les personnes entrant dans la salle soient déposés à l'entrée. Procédure exceptionnelle, qui provoqua un incident et fit augmenter la tension. Cela évitait aussi le risque de fuites pendant le sommet, condition essentielle.

Dominique Strauss-Kahn fit une intervention courte et synthétique. Il réitéra ses propositions. Il répéta qu'elles étaient devenues les conditions *sine qua non* de la survie de l'euro. L'Europe ne pouvait se permettre de prendre le risque d'une crise déflationniste dans les prochaines années sans conséquences graves. Aux partenaires européens de prendre leurs responsabilités. Une belle surprise était au rendez-vous. Alors qu'ils avaient été silencieux jusqu'à maintenant, Enrico Letta, Mariano Rajoy et Antonis Samaras soutinrent la première proposition française, celle qui consistait à créer un fonds européen pour financer les opérations extérieures. Rajoy et Samaras acceptaient aussi la seconde proposition si la première était refusée. Angela Merkel répéta son opposition. Les partenaires devaient respecter le TSCG. Elle appuya : « Ce traité, je le répète, a été ratifié en octobre 2012, en France. On n'y faisait aucune exception sur les interventions françaises à l'extérieur. »

Devant le refus ferme de l'Allemagne, DSK reprit la parole. Il expliqua que, dans ces conditions, la zone euro était morte. « L'Allemagne prend ses responsabilités et nous respectons sa décision. Qu'elle les prenne, jusqu'au bout. Puisque la zone euro est morte, organisons ensemble son démontage afin qu'il se produise dans des conditions qui préservent l'intérêt de tous. » Coup de tonnerre. Même si la nomination de Jacques Sapir la veille avait donné un indice clair dans cette direction, beaucoup se refusaient à croire que DSK, dont le profil "europhile" était connu, en viendrait à formuler cette proposition.

Wolfgang Schaübl e prit la parole et expliqua que cette dissolution était une proposition française, qu'il ne fallait pas inverser les rôles. Enrico Letta plaida pour que cette dissolution, si elle devait avoir lieu, aboutisse à la création de deux zones euro, une autour de l'Allemagne, et l'autre autour de la France, de l'Italie et de l'Espagne, plutôt qu'au retour aux monnaies nationales. Dominique Strauss-Kahn, convaincu par Jacques Sapir dans la journée sur la non-viabilité de cette solution, remercia Enrico Letta mais expliqua qu'il valait mieux revenir à des monnaies nationales afin que chacun puisse à nouveau bénéficier de la possibilité d'ajuster sa monnaie en fonction de son économie. Il ajouta que cette dissolution devait se faire en ordre et que, dans un délai de trois ans, il était envisageable de construire un nouveau mode de coopération monétaire, avec une monnaie commune qui s'ajouterait aux monnaies nationales et servirait pour les échanges avec l'extérieur de l'Europe. Il s'agissait d'en finir avec l'euro pour sauver l'Europe.

L'Allemagne fit de la résistance. Les discussions se prolongèrent. Schaübl e poussait Merkel à ne pas accepter la dissolution concertée. Mais elle était réticente. La détermination de DSK était telle que la France rétablirait le franc dès lundi matin. S'ensuivrait une crise sans précédent au cours de laquelle tous les pays du sud imiteraient les Français. Au final, même l'Allemagne devrait revenir au mark, lequel s'envolerait. Seule une coopération pouvait limiter un renchérissement insupportable de ce nouveau mark. C'est ce que son conseiller économique Daniel Gros lui souffla après l'intervention du ministre des Finances allemand.

Après quelques heures de discussion, le principe de démontage concerté de l'euro était accepté de tous. La politique avait repris le dessus sur les traités, sur la commission, sur la banque centrale européenne. David Cameron s'alarma du fait que ce démontage aurait des conséquences sur le système monétaire international et que les pays de la zone euro faisaient courir un gros risque à l'économie mondiale. Humour anglais. Dès lundi à 0 h 00, tous les comptes bancaires et tous les prix seraient convertis dans un rapport de 1 pour 1 dans les monnaies nationales de chaque pays membre de la zone euro. Les billets seraient tamponnés immédiatement d'une lettre représentant la monnaie nationale de chaque pays, en attendant que les nouveaux soient imprimés. Les pièces de monnaie posaient moins de problème puisqu'une face des pièces en circulation faisait référence à un pays de l'ancienne zone. La France et l'Italie proposèrent que tous les pays établissent un contrôle des capitaux jusqu'à nouvel ordre, pour éviter les crises spéculatives. À ce sujet, l'Allemagne demeura inflexible. Elle ne le rétablirait pas chez elle. « Ils y viendront. Dans trois semaines, au plus », souffla Sapir à l'oreille de DSK.

Les discussions avaient duré des heures. Le samedi, vers midi, la nouvelle fut annoncée au monde. Le secrétaire au Trésor américain partit immédiatement pour l'Europe à la demande de Barack Obama, affolé par les éventuelles conséquences de cette décision.

Mario Draghi était au chômage.

***

Rentré à Paris, Dominique Strauss-Kahn affrontait la tempête politique qu'il avait déclenchée depuis Bruxelles. L'UMP était vent debout face à cette trahison de l'idéal européen. On voyait Alain Juppé en appeler à François Mitterrand. François Fillon, qui avait pourtant soutenu naguère Philippe Séguin pour le non au référendum de Maastricht, reprenait les arguments classiques des défenseurs de la monnaie unique. Copé en appelait aux heures les plus sombres de notre histoire, accusant le président de la République de « semer un climat de guerre en Europe ». Et on annonçait séisme, déluge, invasion de sauterelles. Jacques Myard fut le seul à soutenir « cette décision de bon sens », alors que Xavier Bertrand et Henri Guaino refusaient de condamner le président, ce qui déclencha un début de crise interne à l'UMP. Du côté du FN, silence radio. On attendait en vain une réaction de Marine Le Pen. Quant à Florian Philippot, son portable était branché sur messagerie, moment inédit depuis deux ans selon les rédacteurs en chef d'iTÉLÉ et de BFM réunis.

Mais c'est au sein du gouvernement que le président avait du travail. Évidemment, tous ses membres avaient été mis devant le fait accompli, Manuel Valls excepté. Il arriva trois lettres de démission sur le bureau du président. La première fut celle de Vincent Peillon, qui cherchait depuis des semaines un prétexte pour quitter le gouvernement, depuis que DSK l'avait désavoué sur la question des rythmes scolaires. Peillon ne comptait pourtant pas parmi les plus "eurolâtres" du PS. Il profita malgré tout de cette décision présidentielle pour remettre sa démission. La seconde fut celle de l'un des proches historiques de DSK. Jean-Marie Le Guen était malheureux au ministère de l'Agriculture. Il traînait les pieds pour appliquer les mesures réclamées par l'Élysée. La conseillère spéciale, notamment, exerçait une pression quotidienne. Depuis le début, Le Guen considérait Anne-Sophie Myotte comme un danger public. Dans sa lettre de démission, il la mit longuement en cause, évoquant une « influence mortifère », laquelle avait aujourd'hui des conséquences graves sur la marche du monde.

Mais Le Guen ne pesait pas grand-chose dans la galaxie socialiste. La démission la plus spectaculaire fut donc celle de Martine Aubry. « La fausse aile gauche est démasquée », constata Anne-Sophie. Les termes de la lettre qu'elle adressa rappelaient furieusement le communiqué de François Bayrou ou un éditorial de Nicolas Beytout, le directeur du quotidien libéral *L'opinion*. DSK était davantage gêné par cette défection qu'Anne-Sophie. Les conseilleurs ne sont pas les payeurs. Martine Aubry était devenue, au cours des années, une très proche de Strauss-Kahn. Elle avait mis le PS au service de sa future candidature, s'effaçant derrière lui. Mais elle avait été élevée dans le culte de l'Europe, de la démocratie chrétienne, des pères fondateurs. Et de son papa Jacques Delors. « Dominique va tuer mon père », lâcha-t-elle devant son fidèle Gilles Pargneaux. Sur ce coup-là, elle se trompait. Jacques Delors avait eu le président au téléphone le matin même et l'ancien président de la Commission, très critique envers l'Allemagne, lui concéda que « les torts étaient partagés ».

Dès lundi matin, le gouvernement en entier devait être au travail pendant qu'on réintroduisait la monnaie nationale. C'est Anne-Sophie qui suggéra l'idée d'élargir la majorité au Front de gauche en proposant l'entrée de deux personnalités. Aurélie Filippetti prenant la place de Martine Aubry à la Culture, le communiste André Chassaing la remplaça au secrétariat d'État à la consommation. Mais c'est surtout l'arrivée de Jean-Luc Mélenchon au ministère de l'Éducation nationale qui fit sensation.

L'ancien candidat du Front de gauche, qui avait critiqué les initiatives de DSK parce qu'elles avaient porté sur la question militaire, avait été impressionné par la détermination du président la nuit précédente. Il avait aussi été flatté que ce dernier l'appelle personnellement pour lui proposer d'entrer au gouvernement. L'entretien téléphonique avait été riche et cordial. Mélenchon était aujourd'hui certain qu'une politique de gauche était possible et il avait accepté la proposition.

Le ministère de l'Agriculture restait à pourvoir. Ce poste était d'autant plus sensible que la nouvelle donne européenne allait profondément bouleverser les enjeux agricoles. La PAC était sans doute en danger. Peut-être devrait-on la renationaliser, pour le meilleur ou pour le pire. Afin que ce soit pour le meilleur, c'est DSK qui fit, pour une fois, une proposition à sa conseillère spéciale : « Et si je vous y nommais ? » Anne-Sophie fut surprise. Elle ne s'y attendait pas du tout. Mais DSK se souvenait de l'intérêt de sa conseillère stratégique pendant la campagne présidentielle, et de la pression mise par la conseillère spéciale sur ce pauvre Le Guen. Malgré tout, elle déclina :

« Ce n'est pas une bonne idée, monsieur le Président. D'abord, je ne suis pas une élue. Je n'ai pas connu l'onction du suffrage universel et ce poste, davantage que les autres, nécessite d'être passé par ce rite initiatique. Ensuite, je suis aujourd'hui perçue comme la conseillère qui a influé sur vos décisions européennes. Ce n'est pas que je craigne particulièrement la pression, mais si elle m'empêche de travailler, je ne vois pas l'intérêt de me nommer. Enfin, peut-être l'avez-vous constaté, je suis enceinte. C'est vrai que, d'un point de vue com', c'est joli une première femme ministre de l'Agriculture, enceinte de surcroît, mais ce n'est guère pratique. C'est un boulot plutôt sportif.

Mais si mon refus doit aussi entraîner mon départ de cette maison, je m'y plierai respectueusement.

— Ne dites pas de bêtises, Anne-Sophie. Si vous ne souhaitez pas devenir ministre, je ne vous congédierai pas pour autant. Pas maintenant. Il va falloir assumer tous vos conseils. Je pensais que vous pouviez m'être davantage utile à l'Agriculture mais vos arguments ne sont pas sans fondement. Surtout le dernier. Vous demeurez donc ma conseillère. Avez-vous des suggestions à me soumettre pour remplacer Le Guen ?

— Soit vous nommez une grande gueule venue de la société civile, soit vous faites un coup politique.

— Annoncez !

— Périco Légasse, le chroniqueur gastronomique de *Marianne*, appliquerait avec bonheur les propositions que vous avez formulées pendant votre campagne. Pour une très bonne raison : ce sont les siennes ! Évidemment, à l'Assemblée nationale le mercredi, ça pourrait être plutôt rock and roll !

— Et le coup politique ?

— Vous appelez Dupont-Aignan.

— Dupont-Aignan ? Vous ne trouvez pas que le PS est assez troublé comme ça par le démontage de l'euro ? Et puis, tient-il à entrer dans un gouvernement socialiste ?

— Le gouvernement n'est plus seulement socialiste. Vous venez d'appeler Mélenchon. Le démontage de l'euro est effectivement un choc pour l'opinion. Il ne faut pas seulement une majorité à l'Assemblée nationale, il faut aussi une majorité dans le peuple. Appeler un représentant du "non de droite", cela a du sens, d'autant que c'est l'UMP qui vous attaque le plus depuis ce midi. Quant à savoir s'il acceptera, je pense que oui. Et si vous le voulez bien, je veux bien me charger de le convaincre. »

Le président réfléchit. Il fixa Anne-Sophie et dit : « Je préfère la seconde solution. Appelez-le. Et ne vous ratez pas. Parce qu'il ne se taira pas s'il refuse. Et je ne veux pas que ce ministère soit confié à quelqu'un dont tout le monde saura qu'il est un second choix. Il est vingt-deux heures. Je veux son accord avant minuit. »

***

Grâce à Bruno Talanski, Anne-Sophie avait réussi à joindre très vite le député-maire de Yerres qui présidait son petit parti Debout la République. Ce dernier ne connaissait pas personnellement la conseillère spéciale, mais il n'en pensait que du bien, surtout depuis une dizaine d'heures. Adversaire acharné de la monnaie unique européenne, NDA, comme il était surnommé, avait été surpris que DSK nomme Jacques Sapir, dont il prenait les conseils régulièrement, à Bercy. Il savait qu'Anne-Sophie avait depuis des mois une excellente influence sur le président, même s'il avait appris à se méfier des conseillers qu'on engage pour donner des couleurs souverainistes à une politique qui ne l'était pas. Mais le fait est qu'on lui proposait d'entrer dans le gouvernement de la France au moment où celle-ci retrouvait sa monnaie. Son électorat et les militants de son parti étant plutôt droitiers, il hésitait néanmoins. Il demanda de réfléchir pendant la nuit. Anne-Sophie refusa :

« Non, monsieur le député. Il s'agit d'entrer dans un gouvernement qui va pouvoir mettre en œuvre les propositions que vous faites aux Français. N'est-ce pas vous qui aviez déchiré publiquement un billet géant d'euro ? Nous l'avons fait. Avec, à Bercy, l'homme qui vous conseillait sur les questions économiques. Ne me dites pas qu'il faut que vous consultiez votre groupe. Vous êtes le seul député de votre parti. Et ce dernier est complètement à votre main. Vous y êtes élu avec des scores à la Bongo. Donc, je considère que si vous ne me répondez pas maintenant, c'est fini. Dans la situation où nous sommes, je considérerais personnellement ceci comme une véritable désertion. Mais il est vrai que vous êtes un élu de la République et que je ne suis qu'une conseillère nommée par le Prince. Il est possible que mon avis personnel vous importe peu.

— Il m'importe, madame. Il m'importe. Dites au président que j'accepte sa proposition. Je ne me dérobe pas. »

***

Noël approchait. Anne-Sophie et Bruno se promenaient dans le marché de Noël de Montbéliard. Quelques semaines avaient passé. Pas de séisme. Pas de déluge. Pas d'invasion de sauterelles non plus, depuis que la France avait réintroduit sa monnaie nationale comme dix-sept autres pays européens. Au contraire, il régnait, notamment depuis que les nouveaux billets avaient retrouvé les porte-monnaie, une ambiance qui confinait à une certaine sérénité. Sans doute parce que les Français ressentaient, pour la première fois depuis des années, que les décisions étaient prises par celui qu'ils avaient élu.

Anne-Sophie Myotte et Bruno Talanski s'arrêtèrent devant un chalet qui proposait des sandwiches à la saucisse de Morteau et au Mont d'or chaud. Ils en commandèrent un pour chacun. Bruno sortit son porte-monnaie et tendit à la commerçante un billet de vingt francs, à l'effigie de Georges Clemenceau.

Épilogue

Pierre Moscovici se réveilla. Instinctivement, il passa la main sur son visage et trouva ce dernier lisse. Ni pansement ni bandage ne l'entravaient. Aucun tube dans sa bouche. Aucune perfusion dans son bras. Il n'était pas au Val-de-Grâce. Il était dans son lit. À côté de lui, le corps nu et endormi de sa fiancée Marie-Charline, recouvert en partie par le drap. Il avait mal à la tête. Il savait où il était mais quand était-il ?

Il saisit la télécommande de la télévision et l'alluma. Sur l'écran, apparut Dominique Strauss-Kahn, entre deux policiers à New York. Et il se souvint. En revenant de l'émission à laquelle il avait participé, il avait appris que son ami avait été arrêté pour tentative de viol dans un hôtel new-yorkais. Une tentative de viol sur une femme de ménage. Le monde s'était écroulé autour de lui. Son ami, celui qui allait bientôt annoncer sa candidature à l'élection présidentielle, avait-il commis l'irréparable ?

Après avoir passé quelques coups de téléphone, il s'était finalement endormi pour se réveiller quelques heures plus tard, à cet instant.

Ainsi, cette Anne-Sophie Myotte n'existait pas. Nous n'étions pas en décembre 2013. Nous étions toujours en mai 2011. Pas de conseillère stratégique souverainiste. Pas de DSK président. Pas de conseillère spéciale aux influences néfastes. Pas de bras de fer avec l'Allemagne. Pas d'accident de la circulation. Pas de Jacques Sapir qui prend sa succession. Pas de démontage de la monnaie européenne.

Pierre Moscovici éteignit le téléviseur. Il se leva. Puis se rassit sur le lit, assommé par son cauchemar. Mais de quel cauchemar s'agissait-il ? Celui de cette nuit ? Ou celui que lui réservait la vie réelle, son ami prenant la direction de Rikers Island ? Il ne trouvait pas la réponse. Il se leva à nouveau et se dirigea vers un chevalet sur lequel reposaient sa veste et son pantalon de la veille. Il fouilla dans la poche intérieure de la veste et y trouva un porte-monnaie en cuir. Il ouvrit ce dernier et sortit un billet de dix euros, à l'effigie de… rien du tout. Il respira un grand coup. Il avait sa réponse. Tout bien réfléchi, le véritable cauchemar, il l'avait bien vécu lors de son sommeil. Pour le reste, il s'adapterait.

Remerciements

Je tiens ici à remercier celles et ceux qui ont rendu possible ce livre.

Celles et ceux qui m'ont ouvert la porte des médias auxquels j'ai participé et où je sévis encore, Philippe Cohen, aujourd'hui disparu et à qui ce livre est dédié, mais aussi François Miclo, Élisabeth Lévy, Bénédicte Charles et Gil Mihaely.

Celle et ceux qui m'ont convaincu que je pouvais franchir cette nouvelle étape, Arnaud Le Guern, Jérôme Leroy, Renaud Chenu, Gil Mihaely et Élisabeth Lévy.

Serge Arvisenet, qui m'a suggéré l'idée de départ.

Coralie Delaume, qui m'a encouragé et a également fait office de relectrice avisée pendant toute la rédaction du roman.

Ceux qui demeureront anonymes et qui ont accepté de me donner quelques clefs, répondu à certaines de mes questions et parfois fait des suggestions. Je pense à L., J. et P.

Yves Michalon, qui m'a fait confiance, ainsi que ses collaboratrices.

Achevé d'imprimer en avril 2015 sur rotative numérique Prosper
par Soregraph à Nanterre (Hauts-de-Seine).

Dépôt légal : avril 2015
N° d'impression : 14441

Imprimé en France

L'imprimerie Soregraph est titulaire de la marque
Imprim'vert® depuis 2004.